26~James è così sexy quando si arrabbia

Hilary…

.

Se prima c'era Kate in cima alla lista delle donne più sgradevoli che io abbia mai conosciuto, ora c'è quest'altro giocattolo di James.

Lo fisso intensamente negli occhi, mentre assume un'espressione perplessa per un paio di secondi, per poi piegare un angolo della bocca in alto con così tanta malizia che mi vengono i brividi.

Poggia anche l'altra mano sul materasso, guardandomi dall'alto e facendomi se piccola ma incazzata allo stesso tempo.

Non m'importa che sia uscito con Hilary, ma mi fa bollire il sangue nelle vene il fatto che mi ha lasciata sola per lei.

Sapevo che era uscito per andare a caccia di donne, ma non volevo crederci. Forse speravo che James non fosse come gli altri per quanto sia misterioso e serio, ma è il solito puttaniere che non riesce a fare a meno di non fare sesso per una notte!

«Non ho fame.»-dico con un filo di voce, distogliendo gli occhi non appena noto che la sua faccia cambia completamente.

Sembra quasi scosso dalle mie parole, ma decido di evitarlo per il resto della serata, data la sua stronzaggine.

Ho già capito, però, che Hilary non è solo un giocattolo per lui: me ne sono accorta dalle parole che le ha detto durante la telefonata che ho spiato una decina di giorni fa.

Trattengo l'istinto di sputargli in faccia tutti gli insulti che mi vengono in mente, pensando che forse Hilary non è una delle tante che gli sbavano dietro.

Forse è una sua amica... Oppure è una sua cugina, anche se ciò non toglie che ci possa essere andato a letto.

Uno come lui sarebbe capace di scopare persino con sua cugina.

Che schifo!

Assumo una smorfia senza rendermene conto, mentre appoggio il contenitore sul letto al mio fianco, ma non riesco a collegare il cervello alla mia bocca e comincio ad alzare la voce, alzando la testa di nuovo verso di lui e incrociando di nuovo i suoi occhi insistenti e pervertiti, come se stesse cercando di capire a cosa stia pensando:

«Edward ti ha ordinato di stare con me stasera!»-sfogo la rabbia che provo dentro di me e che non ho mai provato fino ad ora nei confronti di un uomo.

Trovo persino il coraggio di sostenere il suo sguardo quando la sua espressione cambia da maliziosa a stupita, per poi assumere un aspetto minaccioso.

Alza leggermente un sopracciglio, per poi stringere i denti per mettere in risalto le labbra leggermente più rosse e morbide del solito per il freddo che fa in questo quartiere sperduto di Bowling Green. Stringe il lenzuolo in due pugni a poca distanza dalle mie ginocchia nude, facendomi avvampare sotto i suoi occhi sempre più scuri, mentre i miei occhi si perdono davanti al suo corpo, rendendomi conto per la prima volta che... Dannazione! James è così sexy quando si arrabbia!

«Sei diventata una cazzo di snob.»-dice tra i denti a bassa voce, come se stesse riflettendo ad alta voce, ma le sue parole mi colpiscono al punto che rimango spiazzata e al posto di aumentare la mia rabbia, mi sento in colpa di aver aperto bocca.

«Non sono una...»-provo a contraddirlo con un filo di voce, ma mi interrompe con un tono autoritario.

«Senti ragazzina...»-il mio battito cardiaco si ferma, mentre mi sembra di trovarmi di fronte a uno sconosciuto, per lo sguardo che mi rivolge il bodyguard: « ... Non mi faccio dare ordini da nessuno, nemmeno da mia madre...»-comincia a dire con i lineamenti contratti, ma la parte più ribelle di me non riesce a controllarsi e prendo un forte respiro, interrompendolo non appena cita il nome di sua madre:

«Immagino debba essere molto fiera.»-dico senza pensarci due volte, cercando di imitare il suo stesso tono di voce, ma la mia espressione deve essere più che terrorizzata, soprattutto quando dilata le pupille chiarissime e quasi lucide, mentre mi guarda dall'alto con il petto che fa su e giù.

James non ha mai parlato dei suoi genitori e di lui, oltre che è un bodyguard dal passato di criminale e che odia il mare, non so nulla.

Chiudo gli occhi quando comincio a sentire i suoi sospiri caldi tra i miei capelli.

Non avrei dovuto parlare, dannazione!

Dalla sua reazione capisco che il suo rapporto con la madre non deve essere dei migliori, ma posso anche immaginare il motivo, tenendo conto delle parole di Edward.

Non appena sento il materasso rialzarsi e la presenza dell'uomo al mio fianco allontanarsi sempre di più trovo il coraggio di aprire di nuovo gli occhi per la paura che possa allontanarsi di nuovo dalla stanza e lasciarmi sola per uscire con Hilary, ma quando lo faccio spalanco gli occhi stupita.

James mi volta le spalle, portando le dita alla cerniera dei jeans in modo frenetico.

Arrossisco violentemente e sento le guance andare in fiamme quando sfila i pantaloni mostrando i muscoli delle gambe, contratti come se avesse appena fatto un'ora di palestra.

Non appena si gira il rigonfiamento evidente e famigliare dei suoi boxer mi ricorda il primo giorno in cui ci siamo scontrati.

Aspetto con impazienza che mi insulti di nuovo, ma decide di evitarmi del tutto e prende posto al mio fianco, sdraiandosi liberamente con la leggera canottiera addosso, senza nemmeno prendersi la briga di coprirsi con il lenzuolo.

Sento una stretta al petto quando mi volta le spalle, facendomi capire di averlo davvero ferito: fisso le sue larghe spalle per metà scoperte, mentre i miei occhi tentano di attraversare la sua schiena scolpita per andare sempre più in basso, anche se cerco di trattenermi e concentrarmi su ciò che ho appena combinato e come rimediare.

Un silenzio tombale cala in camera, ma il rumore del mio respiro irregolare è evidente, anche se cerco di trattenere le emozioni e la voglia di fissare la sua pelle.

I miei occhi percorrono a prescindere la lunga ferita che attraversa le sue spalle e, come se mi dimenticassi per un momento di cosa sia appena successo, mi chiedo come abbia fatto a procurarsi una cicatrice come questa.

Provo l'istinto di tracciare con un dito la traiettoria della ferita tra le sue scapole pronunciate, quindi sposto la quiche sul comodino e mi sdraio lentamente affianco a James, senza riuscire a distogliere gli occhi dal mio obiettivo.

Appoggio la testa sul cuscino a pochi centimetri dalla testa del bodyguard, riuscendo persino a sentire l'odore che emana il suo collo, mentre allungo un braccio e avvicino la mano tremante all'apice della sua ferita, cercando di non sfiorare la sua pelle per farmi beccare.

A pochi millimetri dalla sua schiena, trascino l'indice lungo la cicatrice, perdendomi tra i pensieri.

Mi piace pensare che l'abbia procurata per essere caduto dalla bicicletta quando era bambino, mentre suo padre cercava di insegnarli a pedalare e sua madre lo incoraggiava sorridente, ma è ovvio che il passato di James non è dei migliori.

Mi chiedo cosa nasconda sotto questa corazza da uomo duro e minaccioso e dietro questi occhi scuri.

È bastato solo citare sua madre per fargli cambiare completamente umore, il che mi fa sentire terribilmente in colpa: e se il suo passato ha come protagonista sua madre?

Cerco di trovare una possibile risposta a tutte le domande che mi vengono in mente, ma spalanco gli occhi e smetto di respirare quando James si muove leggermente indietro per sistemarsi meglio, ma nel farlo la punta del mio indice freddo viene a contatto con la sua pelle calda, facendo contrarre i muscoli delle sue spalle all'istante.

Porto il labbro inferiore tra i denti e stringo gli occhi, mentre maledico me stesso per non essere riuscita a controllarmi.

«Volevo... »-inizio a balbettare e cerco di trovare una giustificazione valida per il mio gesto,anche se nemmeno io capisco il vero motivo per cui ho voluto 'toccare' James in quel modo: «Sai che ore sono?»-la mia voce spezzata è seguita da un gemito di lamento da parte sua, ma non ritarda a rispondere alla mia domanda:

«È tardi.»-dice schiettamente, fingendo di credermi e senza chiedermi la vera ragione per cui gli ho messo le mani addosso:« Dormi.»-aggiunge, facendomi alzare leggermente la testa dal cuscino, sorpresa quasi dal suo tono paterno.

Dormi...

Come se non fosse più arrabbiato con me, ma il mio imbarazzo è tale che sento le guance andare in fiamme, quindi faccio per sollevarmi in piedi in meno di due secondi e avviarmi verso il divano in mezzo alla stanza, ma rimango pietrificata nella mia posizione quando la voce di James echeggia di nuovo nella stanza.

«Non ti stupro.»-dice con un tono talmente freddo che posso immaginare la sua espressione schifata in questo momento: «Puoi starne certa.»-continua con un tono quasi derisorio, il che mi fa stringere i denti.

Smetto di sentirmi in colpa all'improvviso e mi allontano dal letto senza pensarci due volte ed evitando le sue parole incazzata.

Non può fare a meno di sbattermi in faccia che faccio schifo!

Puttaniere di merda che non sei altro!!

Costringo me stessa a non spiacccicare parola mentre mi muovo nella stanza fredda con le gambe scoperte e senza pensare al fatto che devo passare la notte su un divano scomodo.

Preferisco morire di freddo su quel divano piuttosto che passare un altro secondo in più ad ammirare le sue spalle...

Le sue larghe spalle.

27~James è il mostro dei miei incubi

«Mamma!»-urlo contro lo schermo del telefono, mentre stringo la cintura di sicurezza per la rabbia.

Non penso di averla mai odiata come in questo momento:

«Appena torni da New York ci presenti Edward.»-ripete con una voce ferma e fredda, facendomi perdere un altro battito quando realizzo le due parole.

Guardo con la coda dell'occhio James che continua a guidare impassibile, evitandomi da stamattina, persino quando ho preso una felpa e una cintura dalla sua valigia per trasformarli in un vestito, anche se le mie gambe scoperte non mi fanno sentire a mio agio affianco al bodyguard, dato che mi sembra che i suoi occhi finiscano ogni volta sulla mia pelle nuda, anche se non mi sta cagando per ciò che gli ho detto ieri sera.

«Gordon non mi darà mai il permesso, ho già perso una settimana di lavoro...»-cerco di convincerla, ma non mi lascia finire e alza la voce dall'altra parte della linea:

«Ci ho già parlato ed è d'accordo a presentarci il figlio.»

Spalanco gli occhi alle sue parole, sentendo i miei battiti rallentare sempre di più.

Lo zio non può aver promesso a mia madre una cosa del genere: se Edward scopre che sono una semplice cuoca che lavora per lui non mi rivolgerebbe più la parola.

Non sapendo come controbattere mi limito a stringere i denti e passare la lingua tra le labbra asciutte e screpolate.

Sospiro e chiudo gli occhi quando mi accorgo che mia madre mi ha appena chiuso il telefono in faccia.

Senza aspettare un secondo in più mi affretto a digitare il numero di Gordon, e fortunatamente non devo aspettare oltre il primo squillo che risponde all'istante, come se si aspettasse la mia chiamata:

«Figliola...»-fa per darmi una spiegazione prima ancora che io gli chieda qualcosa, ma lo interrompo in modi sfacciato e con una voce tremante:

«È vero quello che dice mia madre?»-riprendo a mordicchiare il mio labbro inferiore per il nervoso, sentendolo prendere un forte respiro dall'altra parte del telefono e facendomi capire la risposta.

«Edward non accetterebbe mai...»-inizio ad alzare la voce, ma questa volta è lui a prendere la parola con un tono decisamente più calmo.

«È tutto risolto.»-si limita a dire, facendomi venire voglia di intromettermi di nuovo, ma decido di essere paziente questa volta:

«Conosciamo entrambi tua madre.»-continua ridacchiando, ma la mia espressione rimane assai seria e tesa: mia madre non è severa e testarda solo ai miei occhi, ma tutti se ne accorgono facilmente.

«Se non vuole aspettare di conoscere Edward...»-si ferma per un paio di secondi, per poi riprendere a parlare mentre assumo una smorfia confusa:

« ... allora faremo passare qualcun altro per Edward.»-conclude soddisfatto, ma rimango talmente delusa dalle sue parole che alzo gli occhi al cielo.

«Zio, ti ho già detto che non funzionerebbe.»-gli ricordo che mia madre mi ha beccata in una foto con suo figlio durante il gran galà, quindi sbuffo in preda al panico, mentre i grattacieli newyorkesi scorrono davanti ai miei occhi.

Prima che Gordon provi a convincermi penso già a come dire a Edward chi sono veramente e mi preparo a qualsiasi reazione da parte sua.

«Ho già contattato i direttori delle riviste principali.»-alzo gli occhi di scatto, dilatando le pupille e sentendo i miei battiti accelerare all'impazzata, anche se non capisco dove voglia davvero arrivare: «Non ci saranno notizie di Edward per un bel po' sui giornali.»-si schiarisce la voce, per poi riprendere a parlare subito dopo: «E non penso che tua madre metterebbe in dubbio le mie parole.»-dice talmente sicuro di sé che per un momento riesce persino a convincermi, ma mentre Gordon cerca di rassicurarmi che tutto andrà bene, nella mia mente si ripetono una serie di domande a cui non so dare una risposta: e se mia madre ricordasse il volto di Edward dalla foto che ha visto?

«Ehm...»-schiarisco la voce dopo un paio di secondi, ingoiando il gruppo alla gola a fatica:«Chi potrebbe sostituirlo?»-chiedo con un filo di voce, riferendomi a Edward, ma lo zio sembra averlo già capito, tanto che risponde prima ancora che finisca di parlare:

«Ho molti dipendenti che sarebbero disposti ad aiutarci.»-socchiudo gli occhi quando il suo tono di voce diventa più basso, quindi lo lascio finire con il cuore in gola, ma decisamente più calma di poco fa:

«Ma mi fido solo di James.»-stringo il labbro inferiore tra i denti mentre il nome del bodyguard si ripete nella mia testa.

Non capisco perché tutti lo stimano così tanto, mentre ai miei occhi appare essere solo come uno stronzo e un puttaniere.

Lancio un'occhiata a James, approfittando dal fatto che è assai concentrato alla strada di fronte a lui e sembra essersi dimenticato della mia presenza.

Traccio con gli occhi il suo profilo contratto e definito, cercando di immaginarlo nei panni di un uomo educato e formale come Edward.

Al solo pensiero di James che mi sorride in modo sincero e senza malizia, con una camicia e una cravatta al posto della maglia scura che indossa in questo momento, mi vengono i brividi, ma non appena penso che potrebbe essere in grado di sostituire Edward davanti a mia madre, frena la macchina bruscamente in un parcheggio ampio e verdeggiante.

«Scendi!»-dice bruscamente, con una voce roca e talmente bassa che mi trattengo dall'alzare gli occhi al cielo.

Come non detto! Se Edward è l'uomo dei miei sogni, James è il mostro dei miei incubi.

«Zio, ne riparleremo.»-gli rispondo per farla breve e chiudere la chiamata senza aspettare che possa dire altro.

Sarò la prima a impedire che James sia il mio finto fidanzato, non solo perché non funzionerebbe e mia madre lo odierebbe a prima vista per il suo atteggiamento orgoglioso, ma soprattutto perché è ridicolo e fastidioso pensare a James come un uomo serio che sia disposto... ad amarmi.

È così prepotente che non mi rivolge la parola nemmeno per dirmi dove stiamo andando, quindi sono costretta a rincorrerlo come una bambina mentre ci addentriamo all'interno di un alto palazzo, anche se nei confronti degli altri che lo circondano sembra essere il più basso:

«Dove stiamo andando?»-trovo il coraggio di chiedere quando perdo il conto dei gradini che saliamo in fretta, nonostante sia sicura che in questo grattacielo ci sia un benedetto ascensore.

Sbuffo sonoramente quando continua a evitarmi e, invece di darmi una degna spiegazione, prende il telefono in mano per digitare qualcosa sullo schermo mentre saliamo le scale che sembrano non avere fine.

Senza insistere ulteriormente capisco che si tratti dell'appartamento in cui passerò i prossimi sette giorni, anche se comincia a preoccuparmi il fatto che James mi stia accompagnando con la sua valigia in mano.

Tra le parole di Gordon e l'arroganza di James mi sono persa il panorama di New York e non mi sono nemmeno presa la briga di guardarmi intorno una volta scesi dalla macchina, anche se non mi è sfuggito il clima freddo, dato che il maglione di James mi arriva solo poco sopra le ginocchia.

Se all'inizio penso che la strafottenza dell'uomo di fronte a me sia una forma di punizione per ciò che gli ho detto la sera precedente, ora capisco che il bodyguard ha deciso di fare le scale a piedi perché l'appartamento si trova solo al secondo piano.

«È la mia stanza?»-chiedo con voce tremante e con le pupille leggermente dilatate quando James estrae dalla tasca una tessera dal colore scuro per aprire la porta, per poi inclinare leggermente la testa di lato e lanciarmi un'occhiata con la coda dell'occhio non appena finisco di domandare:

«È il nostro appartamento.»-mi fermo sul posto mentre le parole dell'uomo di fronte a me si ripetono nella mia testa fino a quando capisco che non si tratta di uno scherzo: contrae i muscoli del braccio nel risollevare la sua valigia dal pavimento, per poi avanzare all'interno della camera e lasciare la porta spalancata alle sue spalle.

Rimango a fissarlo dall'esterno con il respiro bloccato e gli occhi spalancati, ma non appena lo perdo di vista mi guardo intorno, quasi in cerca di una panchina su cui passare le seguenti sette notti, preferendo morire di freddo in mezzo al corridoio di questo piano piuttosto che condividere i miei spazi con James.

Passo la lingua tra le labbra e chiudo gli occhi, cercando di respirare normalmente e di dare un ordine ai miei pensieri, ma soprattutto convincendo me stessa che l'appartamento sia così grande da essere dotato di due stanze separate e il più lontano possibile l'una dall'altra.

Prima di fare un passo oltre la soglia della porta mi viene in mente di chiamare Edward per assicurarmi che sia davvero come dice James, ma decido di credere al bodyguard: le intenzioni del mio capo non possono che essere buone.

Forse ha voluto che James mi stesse vicino per proteggermi e, per quanto io non lo voglia ammettere... il bodyguard mi fa sentire sicura, nonostante ogni volta che mi guarda mi dà la sensazione di volermi incenerire con gli occhi e di odiarmi più di quanto io stessa lo disprezzo.

I miei occhi finiscono immediatamente sulle spalle di James che già si è sistemato su un divano ad angolo, di fronte ad una televisione gigantesca, ma invece di imitarlo ne approfitto per controllare le stanze disponibili mentre il bodyguard è intento a fare zapping tra un canale e un altro.

Non posso negare che l'appartamento è talmente spazioso che posso evitare persino di scontrarmi con James nei giorni in cui sarò costretta a vivere sotto lo stesso tetto con lui: le due stanze da letto sono vicine, ma fortunatamente sono separate da un bagno spazioso.

Dalla parte opposta mi accorgo che la cucina è una sola, il che mi fa arricciare le labbra, ma allo stesso tempo l'idea che potrò passare del tempo a cucinare per me stessa mi elettrizza, sperando di non avere il bodyguard tra i piedi, ma dubito, dato che New York ha la Akwesasne Mohawk Casino.

Senza rendermene conto riprendo a guardare l'uomo sul divano nell'esatto momento in cui alza un braccio per passare le dita tra i capelli, ma continuando a evitarmi come mezz'ora fa.

Rimango a fissarlo per un tempo indeterminato dalla cucina, dimenticandomi completamente del fatto che tra poco devo incontrare il fotografo non so dove: non mi ero accorta che avesse un fisico così scolpito, o dei capelli così scuri.

Perdo un battito quando solleva gli occhi per incrociare i miei, con un'espressione talmente concentrata che mi vengono i brividi, mentre spalanca le labbra con la solita smorfia seria, quasi incazzato:

«Sicura di essere innamorata di Edward?»-alza un sopracciglio con fare arrogante, facendomi sgranare gli occhi non appena realizzo le sue parole.

Faccio per aprire bocca e sbattergli in faccia che è vero, anche solo per non dargli la soddisfazione di sentire che ha ragione, ma dalla mia bocca non esce nemmeno una parola, mentre rimango impalata in mezzo al salotto con il telefono in mano: non è la sua domanda che mi colpisce, ma il fatto che ora crede che gli sbavo dietro.

Sicura di essere innamorata di Edward?

Se lo stavo guardando è solo perché non so come scusarmi per il mio comportamento di ieri sera, invece lui pensa che...

Raddrizzo la schiena quando si alza dal divano senza smettere di guardarmi:

«S-si!»-mi affretto a replicare con una voce tremante e insicura, tenendo le sue intenzioni, ma la mia risposta non sembra accontentarlo, mentre comincia a incamminarsi nella mia direzione lentamente.

Distolgo gli occhi dai suoi più volte, ma decido di rimanere sul mio posto per sfidarlo, lasciandolo sovrastarmi in tutta la sua altezza.

Mi guarda dall'alto con la testa inclinata, mentre respiro di nascosto l'odore della sua pelle.

Porta una mano all'altezza del mio viso per afferrare una ciocca dei miei capelli tra il pollice e l'indice, ma non riesco a sostenere le sue pupille, quindi porto gli occhi sulle sue labbra rossissime.

Non appena se ne accorge passa la punta della lingua tra le labbra, lasciandoci sopra una scia umida e facendomi sobbalzare quando infila le dita della sua mano gigantesca tra i miei capelli all'altezza del collo, per poi poggiarli sulla mia pelle e sfiorarmi con la punta delle dita libere dai capelli.

Il mio sospiro si spezza, ma non appena faccio per assumere un'espressione dura, il suo respiro colpisce le mie labbra mentre sussurra:

«E allora perché tremi?»- la sua mano libera sfiora il mio polso tremante abbandonato al mio fianco, mentre sento le sue dita incrociare le mie per stringere la mia mano nella sua.

28~Portami da Edward

Il mio respiro si blocca mentre il cuore sembra voler uscire dal mio petto sotto lo sguardo prepotente di James, che mi sovrasta in tutta la sua altezza, continuando ad abbassare il viso all'altezza del mio così lentamente che minaccio me stessa di allontanarmi solo quando il bodyguard chiude gli occhi.

Non appena le sue lunghe ciglia scurissime poggiano sui suoi zigomi mi allontano dal suo corpo gigantesco in confronto al mio e stacco la mia mano dalle sue dita.

«Portami da Edward.»-dico alle sue spalle continuando a trattenere il respiro, mentre sento le guance andare in fiamme per l'imbarazzo.

Portami da Edward.

Non è vero che voglio andare da Edward. Voglio solo rinchiudermi in una camera e non vedere più nessuno per i prossimi sette giorni.

Non volevo baciarlo.

No che non volevo baciare quello stronzo!

Con la coda dell'occhio lo vedo serrare la mascella, ma non si muove di un millimetro, mentre porto una mano tra i capelli frustrata.

Non appena solleva la testa e comincia ad annuire lentamente, mentre sospira così pesantemente che mi viene la pelle d'oca al solo pensiero che se fossi ancora davanti a lui in questo momento il suo sospiro si mischierebbe al mio.

***

Allargo il sorriso e porto una ciocca di capelli dietro l'orecchio quando l'immagine del mio capo si presenta dietro il fotografo.

«Hannah...»-mi guarda dalla testa ai piedi, anche se non capisco se mi guarda con ammirazione o con stupore, dato che indosso un maglione scuro da uomini.

«C'è stato un incidente.»-schiarisco la voce non appena il fotografo si allontana dall'ufficio di Edward, non prima di aver trattenuto una risata e avermi fatto l'occhiolino.

Il fatto che finalmente siamo soli in questa stanza mi tranquillizza e mi aiuta a dimenticare la giornataccia passata a New York dal primo giorno in cui vi ho messo piede.

«Saresti bella anche con uno straccio addosso.»-imita il mio fotografo, strizzando l'occhio dall'altra parte della sua scrivania, ma invece di arrossire come al solito, mi scappa una risata sincera.

«Il viaggio è andato bene?»-chiede, quasi distratto mentre scorre gli occhi sullo schermo di un gigantesco computer.

Annuisco rapidamente come se mi stesse vedendo, per poi mentirgli spudoratamente:« Abbastanza.»-lo assicuro, trattenendomi dal chiedergli di cambiare il mio appartamento.

«Immagino i paparazzi ti abbiano già scocciata.»-cambia completamente discorso, alzando all'improvviso gli occhi, quasi preoccupato della mia risposta.

Se solo sapesse che suo padre ha corrotto tutti i giornalisti per colpa mia mi farebbe ritornare a Compton senza pensarci due volte.

«Mi sono abituata, ormai.»-cerco di convincerlo, cercando di non scoppiare a ridere alle mie parole.

L'unica intervista che mi è mai stata fatta era sulla difesa dei criceti ... a sei anni.

«Ho fatto bene a fidarmi di James.»-si rilassa, riprendendo a guardare il computer, mentre il sorriso mi muore sulle labbra.

Dal momento in cui mi ha accompagnata fino all'ufficio del mio capo, il bodyguard non si è più fatto vedere, per fortuna.

Non so come tutti facciano ad averlo così a cuore e trattarlo come il perfetto dipendente di cui fidarsi in ogni occasione.

«Già.»-dico con un filo di voce, per poi riprendere con un tono più alto: «Hai già pranzato?»-chiedo dopo un paio di secondi di silenzio.

«In realtà... No.»-dice lentamente, ma non faccio in tempo a invitarlo che mi anticipa:« Ma ora non possiamo.»

Aggrotto le sopracciglia alle sue parole, leggermente allarmata, dato che il mio stomaco sta già brontolando.

«Tra mezz'ora abbiamo una riunione con il resto del personale.»-riprende a guardarmi dalla testa ai piedi, per quanto può, stando seduto di fronte a me, ma facendomi capire che mi conviene cambiare il mio look.

Alzo gli occhi al cielo al suo atteggiamento, cercando di trattenere un sorriso: «Non vuoi proprio offendermi, eh?»- piego le labbra verso l'alto, mentre porta una mano dietro la nuca non appena realizza le mie parole.

«Mi dispiace, è orrenda.»-storce il naso, imitandomi, per poi muoversi sulla sedia e alzarsi in piedi, mostrando la sua giacca formale e firmata e facendomi rendere conto di quanto debba sembrare ridicola in questo momento.

Annuisco di nuovo, sforzando di mantenere il sorriso alla sua esclamazione, non che non sia d'accordo, ma cominciavano a piacermi le maglie larghe del bodyguard e il profumo che emanano ad ogni piccolo movimento che faccio.

Questa felpa è davvero così calda che non la sostituirei nemmeno con un abito Max Mara, anche se amo essere elegante e indossare tacchi a spillo anche quando devo fare la spesa.

Seguo il mio capo sexy e timido in silenzio, mentre porta il telefono vicino all'orecchio.

Anche se convinco me stessa di non farlo, la parte più pervertita di me prende il sopravvento e i miei occhi finiscono sulle gambe di Edward: è così bello, cavoli! Persino per il modo in cui cammina!

Al solo ricordo di avergli detto che mi mancava attraverso il messaggio che non avrei mai voluto inviare provo un'improvvisa voglia di sculacciare me stessa, anche se la risposta di Ed mi ha davvero resa felice.

«Voglio i documenti firmati sul mio tavolo entro un minuto.»-inclino la testa alla vista dell'uomo di fronte a me che alza l'indice verso una dipendente che si avvia verso di noi, quindi la donna si ferma a metà strada, quasi scossa dal suo tono freddo, per poi rivolgerci le spalle senza rivolgere la parola a nessuno.

Abbasso le sopracciglia, mentre sento il cuore salire in gola.

Chissà se mi avrebbe trattata allo stesso modo se sapesse chi sono veramente: Gordon e Ethan mi hanno fatto capire che non è molto amichevole con chi assume a lavorare per lui, ma vedere di fronte a me una scena del genere mi fa sentire ancora peggio è più in colpa.

Prego tutti gli santi che il piano funzioni, dato che mi serve più tempo per capire se Edward prova qualcosa per me, anche se non fa altro che invitarmi a uscire con lui ogni volta che non deve lavorare.

Ma ciò non significa che gli sto a cuore. Può darsi che vuole conoscermi meglio come sua collega e basta.

Faccio per sbuffare sonoramente, ma mi trattengo nel momento in cui Edward si rivolge verso di me con la stesa espressione dolce di poco fa, tranquillizzandomi quando mi guarda direttamente negli occhi con un sorriso, mentre si ferma davanti ad una porta in legno scuro:

«Ho una sorpresa per te.»

29~Sono il padre del tuo bodyguard

Chiudo l'ennesima chiamata da parte di mia madre, più disperata che mai, per poi poggiare la schiena contro il muro della cucina. sbuffando e godendo allo stesso tempo del silenzio che regna in questa casa.

Riporto di nuovo gli occhi sul telefono non appena vibra di nuovo tra le mie mani, indicando l'arrivo di notifiche da parte di soggetti che nemmeno conosco, ma che non hanno di meglio da fare che rompermi le scatole.

Se tre giorni fa il mio profilo sui social era seguito da nemmeno una trentina di miseri parenti, ora sono costretta mettere il telefono in modalità aerea perché non vada in tilt dalle notifiche dei followers.

Mi trattengo dal gettare il telefono per terra per ridurlo in mille pezzi e lo appoggio sul marmo della cucina, provando un forte desiderio di distrarmi.

Non conosco le vie di New York e non ho intenzione di uscire da sola a quest'ora del pomeriggio, anche se sarei uscita volentieri da questa scatola.

Stamattina Ethan si è vantato dicendo che il clima di Torrence è fantastico e ideale per passare l'intera giornata al mare, e Dio sa quanto vorrei essere lì in questo momento, anche se Edward cerca di tenermi vicino.

La giornata di oggi, invece, è stata a dir poco orrenda, mentre ho passato tutto il tempo a guardare fuori dalla finestra le nuvole che coprono il sole e la pioggia che non smette di picchiettare il vetro della finestra.

Eppure ho sempre amato la privacy. Ho sempre voluto passare del tempo da sola per cucinare senza gente intorno o guardare Il mondo di Gumble senza che mia madre mi ricordi di avere più di vent'anni.

Sento un peso sullo stomaco da stamane e continuo a fissare il portone d'ingresso anche a questa distanza, quasi aspettando che rientri da un momento all'altro.

In tre giorni di permanenza a New York James non ha mai passato la notte in questo appartamento e lo vedo meno di quanto lo vedevo nella villa di Gordon, ma ogni volta che mi capita di incontrarlo indossa sempre quei maledetti occhi da sole che li coprono la vista e non capisco mai se mi degna ogni tanto di un'occhiata, per capire se sente la mia mancanza.

Ma mi sembra ovvio che non sia così, dato che è stato lui a decidere di lasciarmi dormire sola in questo appartamento per tre notti di fila, anche se non può sapere che sono talmente fifona da avere paura del buio, come se fossi una bambina di sei anni.

Sarà ritornato al motel in cui ci siamo fermati, ma questa volta con Hilary...

Non so come ho fatto a pensare che avrebbe passato le giornate sul divano gigantesco in mezzo al salone, a due metri da me, mentre mi prende in giro come è solito fare e guardando la televisione.

Mi dava fastidio persino l'idea che avrei dovuto condividere i miei spazi con lui, ma a quanto pare a lui faceva ancora più schifo.

Volgo le spalle alla porta e scuoto la testa per scacciare dalla testa il viso di James a un millimetro dal mio. Vorrei quasi ritornare indietro a quel momento per alzare la testa e studiare tutti i dettagli del suo viso, vedere le sue imperfezioni da vicino, invece di mantenere la testa bassa.

Lavo rapidamente le mani sotto il getto dell'acqua tiepida, per poi avvicinarmi al frigorifero e distrarmi: anche se volessi costringere me stessa a visitare New York, i giornalisti non mi lascerebbero in pace.

Edward mi ha rassicurata dicendomi che mi abituerò, "anche se i paparazzi newyorkesi sono più aggressivi di quelli dei Balcani"- ha detto.

Scuoto di nuovo pa testa e comincio a sussurrare parole senza senso tra me e me, mentre preparo in santa pace, e noia, la mia cena.

«Chissà se verrà?»-farfuglio mentre inizio a tritare il sedano, l'unica verdura che ho trovato nel frigorifero.

Cenare da sola non mi dispiacerebbe, ma non sarebbe bello mangiare un piatto di pasta davanti a lui, mentre si prepara il solito panino.

Rallento i movimenti della mia mano, perdendomi nei pensieri mentre penso se devo aggiungere un posto a tavola o meno.

«Perchè dovrebbe venire se si sta divertendo con Hilary?»-chiedo di nuovo a bassa voce, questa volta gesticolando con il coltello in mano, mentre continuo a dire a me stessa che finalmente potrò girare per la casa con uno dei suoi maglioni rubato dalla sua borsa di nascosto, anche se il mio fotografo mi ha riempita di vestiti talmente belli e costosi, che persino i pigiami sono firmati.

Voglio sentirmi a casa, ma con questo vestito stretto e talmente corto da club notturni non ci riesco.

«Non l'ho mai visto mangiare la pasta.»-riprendo a riflettere di nuovo ad alta voce, mentre dei rumori provenienti dal soggiorno mi fanno sobbalzare per lo spavento e mi fanno rendere con del temporale che si scatena su questa triste capitale.

«Forse preferisce le verdure.»-scoppio a ridere prima ancora di finire la frase, scommettendo che vive di hamburger con tanto di carne e formaggio all'interno da quando è nato.

Dopo un paio di secondi il mio sorriso svanisce di nuovo, lasciando spazio alla tristezza non appena mi accorgo di essere di nuovo sola in una casa vuota, in cima ad un grattacielo e circondata dalla pioggia che non fa altro che aumentare il mio stato di ansia.

Faccio fatica ad ammetterlo, ma se stasera non si presentasse di nuovo, non avrebbe tutti i torti, dato che non ho ancora avuto il coraggio di chiedergli scusa per come ho reagito quella sera in motel, citando sua madre.

Ero troppo impegnata a sbavare dietro a Edward in questi giorni, mentre il bodyguard stava alle nostre spalle a sorvegliarci senza rivolgermi nemmeno un'occhiata.

Mordo l'interno della guancia e faccio per aprire bocca di nuovo, mentre metto la padella sul fuoco e l'acqua a bollire dalla parte opposta del fornello, ma vengo interrotta dal suono ormai famigliare del campanello.

Giro la testa di scatto, dilatando gli occhi all'improvviso e non sapendo se sorridere come una pazza per l'arrivo di James o mantenere la calma e fingere che non m'importi della sua presenza.

Senza nemmeno rendermene conto mi ritrovo a due pass dal portone, mentre aggiusto in fretta la gonna del vestito e trattengo un sorriso, premendo le labbra tra di loro.

Non appena allungo la mano verso la maniglia mi fermo all'improvviso, piegando la testa verso il basso rapidamente per scuotere e dare volume ai miei capelli scompigliati, per poi assumere un'espressione seria quando mi chiedo perché l'ho fatto, ma non riesco a darmi una risposta che già le mie dita stringono la maniglia e la abbassano per aprire la porta e vedere James dall'altra parte della soglia.

Spalanco il legno con una smorfia neutrale in viso, ma gli angoli della mia bocca si piegano verso il basso e corrugo la fronte, rimanendo profondamente delusa e quasi arrabbiata quando, al posto del bodyguard, mi ritrovo di fronte ad un uomo alto e robusto, dai lineamenti così severi che sembra arrabbiato con me ancor prima che io parli.

Non l'ho mai visto in vita mia, mentre si fa spazio in me l'idea che possa essere un vicino di casa che ha bisogno di qualcosa, ma mi mette davvero in soggezione, mentre mi guarda dalla testa ai piedi con un sopracciglio alzato e lo sguardo stanco di un uomo anziano, come suggeriscono anche i suoi capelli grigi.

«Ci conosciamo?»- mi sembra quasi di balbettare di fronte ai suoi occhi famigliari, ma non risponde alla mia domanda, facendomi capire che non è un tipo di molte parole:

«James Winehouse è in casa?»- solleva il mento quasi con orgoglio e prepotenza allo stesso tempo, facendomi stringere i denti per il fastidio, quindi incrocio le braccia al petto e imito la sua espressione strafottente:

«Ci conosciamo?»-ripeto con maggiore fermezza, pronta a chiudergli la porta in faccia, anche se mi incuriosisce il fatto che stia cercando James.

Il vecchio non risponde alla mia domanda per un paio di secondi, mettendomi paura per il modo strano in cui studia il mio viso, ma non mi lascia il tempo di allontanarmi, che dalla sua bocca escono di nuovo delle parole piene di alterigia:

«Sono il padre del tuo bodyguard.»

30~Piccola, ti sono mancato?

«È dentro?»-da un'occhiata alle mie spalle, ma non trovo né il coraggio né la forza di annuire, rimanendo impalata davanti all'immagine dell'uomo che sembra odiarmi più di suo figlio ancor prima di conoscermi.

È così alto che capisco da chi deve aver preso James, e hanno persino l'identica espressione scocciata.

Non riesco nemmeno a rendermi conto di cosa stia accadendo che mi sorpassa, spingendomi leggermente di lato per entrare in soggiorno senza nemmeno chiedere il permesso, mentre mille domande mi vengono in mente.

Fino a un secondo fa non sapevo nulla della famiglia del bodyguard, se non il fatto che è particolarmente legato alla madre, mentre ora mi ritrovo alle spalle dell'uomo che lo ha cresciuto, mentre le mie gambe iniziano a tremare per non so quale motivo.

«James non c'è.»-dico con un filo di voce, cercando di attirare la sua attenzione, anche se continua a guardarsi intorno con uno sguardo dubbioso, facendomi sentire a disagio.

«Lo vedo.»-dice con lo stesso tono, scrollando quasi le spalle sotto la giacca pesante, dalla quale già capisco che si tratta di un uomo d'affari.

Corrugo di nuovo la fronte, ringraziando me stessa per aver messo in ordine l'appartamento durante il pomeriggio, ma l'uomo non sembra volersi allontanare e sospira pesantemente, con un'improvvisa espressione dispiaciuta che mi fa provare pena.

Capisco che è da tanto che non vede il figlio e che tra loro deve esserci qualcosa che non va, altrimenti avrebbe parlato con il figlio per sapere se era qui a quest'ora.

Stringo la lingua tra i denti e socchiudo leggermente gli occhi quando fa per spostarsi e uscire di nuovo dal portone, ma non riesco a trattenermi e sollevo una mano a mezz'aria:

«Resti!»-dico, pentendomi subito dopo averlo pronunciato. Lo vedo rallentare i passi, per poi fermarsi e aggrottare la fronte alla mia esclamazione.

«Posso chiamarlo...»-inizio a dire poco convinta, per poi concludere davanti ai suoi occhi attenti:

«... e dirgli di venire.»

Inclina leggermente la testa nella mia direzione, quasi dubitando della mia proposta e del fatto che James possa venire per lui.

«Non dirgli che sono qui.»-dilato leggermente le pupille, mentre le sue parole echeggiano nella mia testa.

Mi aspettavo che dicesse di lasciare perdere, invece di suggerirmi addirittura di mentire a suo figlio.

Rimango ferma e impalata davanti alla sua figura per un paio di secondi, cercando di capire cosa esprimono i suoi occhi, ma sono così freddi che fanno venire i brividi.

Dopo un paio di secondi lo sento sospirare, quindi scuoto la testa e vado in cerca del telefono, sperando che a James faccia piacere che suo padre sia venuto a fargli visita, anche se ho un brutto presentimento.

Mi tremano le mani persino mentre digito le iniziali del suo numero, che non ho mai avuto il coraggio di registrare sul telefono.

Mordo l'interno della guancia così forte che non mi sorprenderei se iniziasse a sanguinare.

Sobbalzo già al primo squillo, aspettando che risponda prima che la chiamata finisca, anche se temo di disturbarlo, mentre la sua immagine con Hilary al suo fianco si fa spazio nella mia mente.

Il mio respiro si blocca quando mi sorprende e apre la chiamata al secondo squillo, rispondendo come se si aspettasse una chiamata da parte mia, ma il suo tono di voce è talmente allarmato che mi sento ancora più in ansia.

«Stai bene?!»-faccio persino fatica a riconoscere la sua voce per quanto appare preoccupato: «È successo qualcosa?»-continua, mentre sento l'uomo alle mie spalle respirare di nuovo pesantemente.

James pensa che lo sto chiamando perché sono in pericolo, quindi ne approfitto per costringerlo a ritornare, forse non solo per suo padre.

«Hannah!»-urla dall'altra parte del telefono tra i denti, quindi mi decido a parlare, balbettando:

«I ladri...»-inizio a mentire spudoratamente con una voce tremante e bassa, ma non mi dà il tempo di continuare che chiude la chiamata, facendomi capire che sta correndo per venire qui.

Percepisco lo sguardo di suo padre alle mie spalle, quindi mi giro lentamente, annuendo con la testa per fargli capire che James sarà qui a momenti.

Porta le mani ai fianchi e porta la testa indietro, quasi rilassato, mentre penso al fatto che ora devo cucinare per tre.

«Si può accomodare.»-indico il divano a un metro da lui, ma al suono della mia voce si limita a girare la testa verso di me, guardandomi dalla testa ai piedi con un ghigno quasi malizioso, soffermandosi sul mio corpo in un modo tale da farmi venire i brividi per il fastidio.

«Vado a preparare la cena.»-mi schiarisco la voce, sperando di aver frainteso il suo atteggiamento, anche se fino a poco fa sembrava un uomo assai serio.

Spero solo che James arrivi il prima possibile.

Mi avvio in cucina senza aspettare una risposta da parte sua e cerco di evitare ogni contatto o chiacchierata con l'uomo anziano che siede in soggiorno, guardandosi intorno come se stesse cercando di studiare l'appartamento.

Inizio ad apparecchiare la tavola come mia madre mi ha accuratamente insegnato, facendo avanti e indietro tra il salotto e la cucina.

Più passa il tempo più capisco di aver sbagliato ad aver mentito al bodyguard, anche se, infondo infondo l'idea che si sia preoccupato per me mi fa sorridere di nascosto, mentre spengo il fuoco e preparo i piatti velocemente.

Porto il labbro inferiore tra i denti, dimenticandomi persino del padre di James o del fatto che gli ho mentito, quindi piego gli angoli della bocca verso l'alto.

Stai bene?

Mi viene la pelle d'oca quando la sua voce roca ritorna nella mia mente e si ripete all'infinito, fino a quando non finisco di preparare il tavolo e il suono della campanella si diffonde in soggiorno.

Alzo la testa di scatto, ingoiando il gruppo alla gola mentre lancio un'occhiata do sottecchi all'uomo a due pass da me.

Il padre di James si alza in piedi all'improvviso, più nervoso di me, ma senza aspettare che mi avvicini alla porta, cammina a passo felpato verso l'ingresso, allungando un braccio verso la maniglia, mentre decido di avvicinarmi a lui con il cuore che batte all'impazzata.

Spero con tutta me stessa che a James piaccia la sorpresa e mi perdoni per avergli detto una bugia, anche se dovrebbe esser valsa la pena, dato che probabilmente non lo vede da molto tempo.

Non appena il padre di James spalanca la porta mi sollevo in punta di piedi per vedere al di là delle sue spalle.

Smetto di respirare quando la figura alta e imponente del bodyguard si presenta davanti ai miei occhi: invece si provare paura provo tenerezza, notando i suoi capelli scompigliati e il petto che fa su e giù freneticamente per il respiro affannoso , per non parlare poi delle sue labbra arrossite dal freddo di New York.

Non appena sollevo gli occhi per un millesimo di secondo mi sembra che sia terrorizzato, ma non appena le sue pozzanghere da brividi finiscono sull'uomo che mi ha preceduta, la sua espressione passa da preoccupata a stupita.

Dopo un paio di secondi in cui nessuno trova il coraggio di parlare e io aspetto di trovarmi di fronte a una scena commovente in cui padre e figlio ai abbracciano, gli occhi di James finiscono nei miei, sempre più dilatati e scuri, facendomi provare una scia di brividi che mi attraversa tutta la schiena, per poi scaricarsi sul mio basso ventre.

Riporta gli occhi su suo padre, per poi spostarli di nuovo sulla mia figura, mentre mi faccio piccola piccola quando stringe le dita in due pugni ai suoi fianchi e indurisce l'espressione, assumendo un ghigno talmente schifato e incazzato che capisco di aver commesso un grosso errore.

Ora è il mio petto a fare su e giù per l'ansia che James inizia a farmi provare, mentre suo padre prova a catturare la sua attenzione:

«Figliolo, ben rivisto!»-l'uomo allarga un sorriso talmente tirato che mi trattengo dall'alzare gli occhi al cielo, mentre mi limito a ingoiare la saliva nell'esatto momento in cui dalle labbra di James esce un 'ciao' talmente basso e pieno di rabbia che ricevo la conferma di aver sbagliato tutto.

Maledico me stessa per aver convinto suo padre a restare, soprattutto quando gli occhi furiosi e chiari del bodyguard mi inceneriscono, costringendomi a distogliere lo sguardo dal suo, divenuto insopportabile.

Faccio per girarmi arresa e pronta a subire i suoi insulti, ma ogni singola cellula del mio corpo si immobilizza e non riesco a muovermi di un millimetro quando attraversa la soglia e suo padre, per poi dirigersi verso di me con un passo felpato e con una voce assai dolce, in contrasto con la sua espressione furiosa:

«Piccola, ti sono mancato?»

31~Ti presento la mia fidanzata.

«Piccola, ti sono mancato?»-dilato le pupille alle sue parole, mentre il timbro profondo della sua voce mi fa venire la pelle d'oca.

Socchiudo gli occhi e raddrizzo le spalle quando lo vedo sorpassare suo padre per avviarsi nella mia direzione a passo felpato.

Spalanco gli occhi quando si avvicina più del dovuto con un espressione incazzata che assume quando nasconde il viso a suo padre.

Per un millesimo di secondo penso che sia sul punto di farmi del male, soprattutto quando mi sovrasta in tutta la sua altezza, incenerendomi con gli occhi dall'alto, ma non ho modo di allontanarmi o trovare il coraggio di dargli una spiegazione, che si abbassa alla mia altezza, dandomi il tempo di guardare le sue labbra gonfie e invitanti da vicino per poi solleticare la mia fronte con i suoi capelli disordinati.

Non faccio nemmeno in tempo a sentire il suo profumo che dilata le labbra per poggiarle sulle mie con così tanta violenza che faccio un passo indietro, perdendo l'equilibrio.

Gemo per la sorpresa del suo gesto, mentre mi segue spostando il viso nella mi direzione per non staccare la sua bocca dalla mia, ma nonostante cerchi di allontanarlo facendo un altro passo indietro, mi anticipa infilando le dita gigantesche tra i miei capelli dietro la nuca e spingendo la mia testa verso la sua con forza, facendomi gemere una seconda volta.

Poggio istintivamente le braccia sul suo petto, prima per allontanarlo, ma mi distraggo quando mi accorgo che le sue labbra combaciano perfettamente con le mie, facendomi provare una strana sensazione di calore per quanto sono morbide e ... dolci.

James sa di alcol e di caramella allo stesso tempo, tanto che non riesco a muovermi di un millimetro per staccare la mia bocca dalla sua.

Le sue labbra carnose succhiano delicatamente le mie in un modo che mi fa impazzire e mi porta a desiderare altro.

Un'improvvisa voglia di esplorare la sua bocca si fa spazio nella mia testa, mentre mi dimentico completamente di suo padre alle nostre spalle che assiste alla scena, ma non sembra che io sia l'unica a essersi estraniata dalla realtà: la mascella di James si ammorbidisce quando muove la mandibola contro il mio mento, ma proprio mentre inizio a provare una sensazione di vuoto e penso che si stia allontanando da me, lo sento muovere le labbra contro le mie e ritornare a stringerle in un modo che mi fa impazzire, tanto che stringo tra le dita la sua felpa in due pugni, per poi sentirlo subito sospirare sul mio viso al mio gesto.

Non penso di aver mai provato una sensazione talmente paradisiaca in
vita mia, mentre porta una mano al mio fianco destro, per poi spalancare
le dita per stringermi ancora di più verso il suo corpo caldo.

[OBJ]

Aggrotto la fronte, cercando di riprendermi e immaginando di
allontanarmi per tirargli uno schiaffo in pieno viso, ma più la mia rabbia
aumenta, più stringo la sua maglia e mi sollevo in punta delle dita per
spingerlo ad andare oltre.

Non appena faccio per sospirare sul suo volto e scendere di nuovo alla
mia altezza, lo sento allontanarsi all'improvviso dal mio volto per lasciarmi
una sensazione fastidiosa di astinenza, ma non mi dà nemmeno il tempo
di guardare la sua espressione e chiedermi cosa sia appena successo che
mi volta le spalle di scatto, rivolgendosi a suo padre con il respiro
affannoso, ma non tanto quanto il mio.

Mi accorgo che la sua mano è ancora poggiata sul mio fianco solo quando
stringe il tessuto del mio indumento e mi costringe ad affiancarlo,
attirando il mio corpo minuto al suo e facendomi rendere conto di nuovo
della differenza di altezza che c'è tra me e lui.

Nel sentire la sua presa avvampo e sento il mio viso andare
completamente a fuoco quando realizzo cosa sia appena successo.

Ho baciato James.

I miei zigomi arrossiti e le mie labbra leggermente spalancate lasciano capire chiaramente il mio stupore, anche se l'attenzione del padre di James è tutta catturata dal figlio in piedi al mio fianco.

Abbasso di nuovo gli occhi per terra, non trovando il coraggio di incrociare gli occhi del bodyguard che inizia a fissarmi dall'alto.

Porco panda! Ho baciato l'uomo più arrogante e stronzo che io abbia mai conosciuto!

Inizio a prendermi a schiaffi mentalmente, mentre il mio odio nei confronti di James aumenta man mano che i secondi passano e il suo braccio continua a rimanere stretto intorno alle mie spalle, mentre penso al suo gesto improvviso e al modo in cui ha approfittato della situazione, baciandomi davanti a suo padre senza una valida motivazione, e mentre lo maledico mentalmente perché, dannazione, il suo sapore è rimasto sulle mie labbra!

Invece di ritornare alla realtà penso a tutte le ragazze che hanno provato quello che io ho appena sentito dalla bocca di James, ma invece di provare pena, le invidio per aver potuto ricevere da lui quello che io ho avuto solo ora.

«Papà... »-alzo la testa di scatto quando James si rivolge a suo padre, ma il tono della sua voce è tutt'altro che affettuoso, mentre stringe le dita in un pugno intorno al mio braccio, quasi volendomi stringere più forte al suo corpo possente: « Ti presento la mia fidanzata.»-conclude, alzando la punta del mento, quasi in tono di sfida, mentre spalanco gli occhi all'ennesima bugia che esce dalla sua bocca.

Cerco il suo sguardo con i miei occhi, ma quando mi accontenta mi fa avvampare al punto di non riuscire a respirare: è così infuriato con me che non capisco perché mi ha baciata e perché ha detto a suo padre che sono la sua ragazza, piuttosto che urlarmi contro di essere una bugiarda e che non avrei dovuto lasciar entrare suo padre.

Mentre questi sospira e continua ad assistere alla scena, mi sembra che lo sguardo del bodyguard si addolcisca e allenta la presa al mio fianco, quasi pentito del suo atteggiamento.

Non riuscendo di nuovo a reggere i suoi occhi profondi, sposto gli occhi verso suo padre, il quale non spiaccica parola e si limita ad alzare gli occhi al cielo.

Non so se James ha avuto un motivo serio e valido per questa messa in scena, ma decido lo stesso di far finta di nulla e trovo il coraggio di parlare solo dopo un paio di secondi di silenzio imbarazzante:

«Vi potete sedere.»-mi schiarisco la voce con gli occhi rivolti al pavimento:«La cena è pronta.»-concludo con un tono basso, cercando di allontanarmi dal torace di James, che si muove freneticamente per il suo respiro affannoso, ma il bodyguard è talmente concentrato e perso nei suoi pensieri che continua a premere il mio corpo contro il suo, aumentando sempre di più la presa.

Sollevo di nuovo la testa per catturare la sua attenzione, mentre lui continua a torturare il mio corpo:

«James...»-assumo una smorfia di dolore che cerco di nascondere, anche se il suo nome esce dalle mie labbra come un sussurro strozzato: «... mi stai facendo male.»-non riesco nemmeno a finire che gli occhi del bodyguard si spostano dalla figura di suo padre ai miei di scatto, mentre assume un'espressione confusa per un millesimo di secondo, per poi dilatare le palpebre non appena si accorge della mia smorfia.

Allenta la presa al mio fianco senza smettere di guardarmi e sospirare sul mio volto dall'alto, a due centimetri dalle mie labbra.

Di nuovo il suo sguardo penetrante mi fa rabbrividire e provare pena per James: anche se la prima cosa che vorrei fare non appena suo padre si allontana è schiaffeggiarlo, capisco all'istante che deve avere un buon motivo per agire così.

Non appena il suo pomo d'Adamo fa su e giù ed è sul punto di allontanare la mano dal mio corpo per allontanarsi, spinta dalla pietà che comincio a provare per il bodyguard stronzo e orgoglioso, mi affretto ad afferrare il suo polso e incrociare le sue dita grandi alle mie sottili, ma senza trovare il coraggio di guardarlo negli occhi.

«È un piacere conoscerla.»-inclino la testa verso l'uomo anziano, il quale continua a rimanere in silenzio, ma con un sopracciglio alzato e braccia incrociate al petto.

Le parole escono spontanee dalla mia bocca, nonostante continui a non capire perché sto facendo tutto questo per il bodyguard che mi sta rovinando la vita.

Sobbalzo quando suo padre decide di muoversi e incamminarsi nella nostra direzione, finalmente con un cenno di sorriso tra le labbra che mi incoraggia.

Alzo il mento quando si posiziona proprio di fronte a me, mentre sento i muscoli del petto di James irrigidirsi contro le mie spalle:

«Il piacere è mio, signorina.»-sposta rapidamente gli occhi verso James, per poi riportarli nei miei e allungare un braccio per afferrare la mia mano libera.

Dilato leggermente le palpebre e arrossisco al suo gesto formale, mentre il petto del bodyguard, a contatto con le mie scapole, fa su e giù rapidamente.

Abbasso gli occhi al pavimento quando sfiora con le labbra le mie noche come un gentiluomo, ma il gesto non sembra piacere a James che allontana le sue dita dalle mie e si posiziona di fronte a me in un gesto veloce, costringendo suo padre ad alzare le mani in aria in segno di resa.

Alzo gli occhi al cielo all'impulsività dell'uomo di fronte a me: cosa crede? Che suo padre mi stia corteggiando per caso?!

«Si può accomodare.»-anticipo James prima che possa parlare, invitando suo padre a prendere parte posto al tavolo.

Per fortuna nessuno dei due obietta e il silenzio cala di nuovo in soggiorno, anche se i sospiri del bodyguard mi fanno capire che prima o poi sarà sul punto di scoppiare.

L'uomo anziano ci supera e si avvia verso il tavolo a pochi passi da noi, ma non appena l'altro fa per imitarlo, stringendo di nuovo due pugni ai lati del suo corpo, lo blocco poggiando una mano sul suo petto, anche se il mio gesto non fa altro che innervosirlo ancora di più.

«Tu...»-provo a indurire la mia espressione, mentre gli punto l'indice contro e continuo a sussurrare per non farmi sentire da suo padre: « ... mi hai baciata!»-concludo con voce tremante, ma non mi dà modo di chiedergli una spiegazione e mi lascia spiazzata con un tono roco e basso:

«Non ti illudere.»

32~Non ti illudere

Se avessi saputo che la situazione sarebbe diventata così imbarazzante, non avrei mai permesso a me stessa di invitare il padre di James a cena.

Da quando ho conosciuto il bodyguard, nella sua camera e mezzo nudo, con quella faccia da strafottente e atteggiamento rude, ho immaginato che non avesse buoni rapporti con il padre, ma non pensavo si odiassero a tal punto.

Il bodyguard non fa altro che lanciargli sguardi minacciosi per tutto il tempo, mentre divora in meno di cinque minuti il suo piatto colmo.

«Non ci potevi mettere un po' più di sale?»-alzo la testa al tono ironico dell'uomo che finora non fiatava, per notare che non ha mangiato quasi nulla.

Il suo tono ironico mi colpisce al punto che spalanco le labbra leggermente, spostando gli occhi su James per difendermi, ma prima che possa continuare a lamentarsi della mia cucina, il ragazzo al mio fianco sospira pesantemente, sollevando il piatto nella mia direzione, per poi addolcire leggermente l'espressione e incrociare le mie pozzanghere per un tempo indeterminato:

«Ne voglio ancora.»-spalanco gli occhi alle sue parole, mentre riprendo ad arrossire senza riuscire a controllarmi.

«Sei sicuro?»-sussurro,come se suo padre in questo modo non potesse sentirmi, ma mi sorprende di nuovo portando l'indice all'altezza del mio naso e sfiora la mi guancia dolcemente.

«Sei stata bravissima.»-imita il mio tono di voce, facendomi sobbalzare quando poggia la stessa mano sul mio ginocchio, accarezzando la mia pelle delicatamente, senza malizia.

Mi sembra di trovarmi davanti a una persona che conosco da anni e mi dimentico di avere di fronte il bodyguard sfacciato che non fa altro che darmi sui nervi, quindi mi limito ad abbassare la testa e acconsentire, annuendo con la testa.

«Mi dispiace non poter dire lo stesso.»-dice l'uomo dall'altra parte del tavolo, ma cerco di non dargli retta e mi allontano prima che James possa rispondergli di nuovo male.

Prendo un respiro profondo non appena gli volgo le spalle e inizio ad incamminarmi verso la cucina a passo felpato, con il piatto di James in mano per accontentarlo.

Sei stata bravissima.

Forse non ho sbagliato a invitare suo padre stasera, dato che per la prima volta da quando l'ho conosciuto, il bodyguard è così dolce con me che sembra mi voglia proteggere.

E poi... mi ha baciata.

Non so perché non riesco a sentirmi affatto in colpa per avere il suo sapore sulle mie labbra, che sento ancora essere gonfie.

Non ho ancora capito cosa prova Edward per me, ma certamente non gli farebbe piacere sapere che il suo migliore amico mi ha letteralmente costretta ad assaporare le sue labbra.

Eppure non riesco a fare a meno di ripensarci, ripetendo mentalmente l'immagine di James che si avvicina al mio viso, abbassandosi alla mia altezza, per poi prendere il mio viso tra le mani.

Le sue dita sono tra i miei capelli e ...

«Ti ho chiesto un piatto di pasta, non di flirtare con il cucchiaio.»-salto sul posto alla voce del bodyguard, che sento fare dei passi in avanti alle mie spalle, ma non trovo il coraggio di incrociare i suoi occhi, quindi mi affretto a riempire il piatto, smettendo di accarezzare il cucchiaio.

Dal suo tono mi accorgo che non è per nulla divertito, a differenza di quanto mi ha fatto credere un paio di secondi fa davanti al padre.

Mi vengono i brividi al solo pensiero che possa ritornare l'idiota di sempre, anche se in me si fa spazio l'idea che davvero abbia voluto proteggermi.

Ma perché proteggermi da suo padre? E perché baciarmi!?

Scuoto la testa ai miei dubbi e decido di approfittare del fatto che siamo soli, per chiedergli spiegazioni.

«Perché lo hai lasciato entrare?»- James mi anticipa e il suo tono è così freddo che da arrabbiata inizio a sentirmi minacciata e spaventata di trovarmi di nuovo davanti al lato oscuro del bodyguard.

«Perchè mi hai baciata?»-la mia voce viene fuori tremante e insicura, mentre sospiro non appena sento il suo petto entrare a contatto con le mie spalle di nuovo, facendomi provare la stessa sensazione di poco fa, ma questa volta provo ad allontanarmi e non farmi distrarre.

Non appena mi muovo per guardarlo dritto negli occhi, mi anticipa con una mossa veloce, ingabbiandomi tra le sue braccia possenti che poggia sul piano della cucina, ai lati del mio corpo.

Il suo respiro caldo e pesante tortura la mia spalla al punto che inizio a sentire un forte desiderio dal basso ventre, rabbrividendo quando inizia a parlare, piegandosi per arrivare all'altezza del mio orecchio per muovere le labbra contro la mia pelle, sfiorandola delicatamente:

«Non ti illudere.»-ripete la fastidiosa frase che mi ha lasciata spiazzata pochi minuti fa, ma i suoi gesti dicono tutt'altro, anche se le sue parole esprimono odio nei miei confronti.

Non mi illudo! - vorrei urlargli per offenderlo come lui si prende gioco di me, ma un gemito strozzato esce dalle mie labbra quando la punta della sua lingua lascia una scia calda e umida alla radice del mio collo, provocandomi al punto che sono costretta a portare il labbro inferiore tra i denti per non gemere do nuovo ad un semplice bacio come questo.

«Non sei la prima che gode grazie a me.»-sussurra di nuovo, allontanandosi leggermente dalla mia pelle tesa, mentre accarezza il retro del mio orecchio con la punta del naso.

Le sue parole mi darebbero fastidio se non fossi distratta a tal punto, ma non mi dà ugualmente il tempo di interromperlo che continua a sputare con cattiveria: «... e non sarai l'ultima.»

Alzo la testa di scatto, colpita dal suo tono di voce più distaccato e incazzato di prima, quindi trovo la forza di spostarmi, mentre la mia espressione cambia da stupita a... delusa.

Spingo il suo braccio, premendo contro i suoi muscoli con poca delicatezza, per poi avere il coraggio di guardarlo dritto negli occhi per avere la conferma della sua rabbia.

«Non mi fai alcun effetto.»-scandisco bene ogni singola parola, pentendomi immediatamente di aver provato pena per lui.

Dovevo piuttosto schiaffeggiarlo per avermi toccata in quel modo!

Ora mi chiedo come ho fatto a sentire la sua mancanza prima che arrivasse: avrei passato la serata sul divano, sotto una coperta e con una cioccolata calda in mano, piuttosto che sentirlo farmi del male in questo modo.

Ma la cosa che mi fa davvero ribollire il sangue nelle vene è il fatto che le sue parole hanno questo effetto in me.

Sono pazza di Edward e se anche lui prova lo stesso nei miei confronti avremmo un futuro insieme, una casa, una famiglia con l'uomo dei miei sogni.

Non rivedrò mai più James in vita mia o comunque farò di tutto per evitarlo, perché uno come lui non merita le mie attenzioni.

È solo un puttaniere!

Un idiota che non sa cosa significa amare una donna! Uno stronzo che ha paura di affezionarsi!

Raddrizza le spalle alle mie parole, alzando un sopracciglio e assumendo allo stesso tempo una smorfia perplessa, ma non appena fa per aprire blocca, passandosi una mano tra i capelli scuri come il carbone, lo interrompo, cercando di fargli tanto male quanto lui ha fatto a me:

«Non ti lamentare di tuo padre... »-la mia vice non è mai stata così piena di odio come in questo momento, ma non mi pento e mi avvicino lentamente al corpo di James per porgergli il piatto che lui stesso mi ha chiesto:

«Infondo non siete molto diversi.»-concludo soddisfatta e sicura delle mie parole, mentre lo guardo dal basso abbassare le sopracciglia per assumere un'espressione confusa e arrabbiata allo stesso tempo.

Deglutisce in modo forzato mentre i suoi lineamenti diventano sempre più evidenti e tra la sua fronte e il suo zigomo destro compare una vena gonfia, segno della sua rabbia.

Mi guarda con così tanta intensità, quasi supplicandomi di ritirare quello che ho appena detto, ma abbasso gli occhi e giro i tacchi quando mi accorgo che non riesce a controbattere e quando mi diventa impossibile sostenere le sue pozzanghere quasi preoccupate.

Fingo un leggero sorriso tirato quando mi trovo fuori dalla cucina e mi preparo a una lunga serata piena di disagio e litigi tra il bodyguard orgoglioso e suo padre stronzo.

Prendo posto sulla sedia, per poi riprendere a mangiare in silenzio, mentre i passi di James diventano più pesanti alle mie spalle.

...non ti illudere.

Non mi sono mai illusa! Cosa ha fatto a pensare che provo attrazione nei suoi confronti?

Devo calmarmi, magari pensando al mio capo.

Voglio avere quell'uomo a tutti i costi perché so quello che lui prova per me, o almeno sono certa che ricambia il mio sentimento nei suoi confronti.

Non devo pensare alle parole di questo idiota e mi devo solo sentire in colpa per aver baciato il suo migliore amico.

Io... sono innamorata di Edward!

33~Ho voglia di assaggiarti

«Addio.»-sento dire a James prima che sbatta la porta in faccia all'uomo che lo ha cresciuto, dopo che mi sono limitato la a salutarlo con un cordiale saluto.

Volgo le spalle al bodyguard non appena mi accorgo che siamo rimasti soli dopo due ore piene di imbarazzo e di insulti, ma nonostante ciò non sono

riuscita a capire molto del motivo per cui si odiano o del perché James mi
è saltato addosso.

Se prima volevo riempirlo di domande e botte, ora decido di rimanere
zitta e non rivolgergli la parola, anche se mi aspetto una reazione da parte
sua:

«Tu... »-inizia ad attraversare il soggiorno lentamente e con dei passi
pesanti, ma non mi prendo nemmeno la briga di girarmi dalla sua parte,
alzando piuttosto gli occhi al cielo scocciata.

«Buonanotte, James.»-dico con una voce ferma e stanca prima che possa
continuare, per poi indirizzarmi verso la cucina per prepararmi una
rilassante tazza di cioccolata calda.

Edward ha detto che le marche di New York fanno miracoli, quindi decido
di credergli, dato che ora ho bisogno di rilassarmi.

Era tutto perfetto... prima che mi facesse capire che per lui non sono
niente.

Ma infondo perché dovrei essere qualcosa? Nemmeno a me importa di
lui.

Lo sento accelerare il passo mentre il suo sguardo brucia alle mie spalle,
per poi raggiungermi prima ancora di riuscire a entrare in cucina.

Trattengo un respiro, anche se cerco di apparire offesa, mentre le sue dita
avvolgono il mio gomito con forza, costringendomi a girarmi dalla sua
parte, ma non appena lo faccio, trovo il suo viso a due centimetri dal mio
e i suoi occhi che trafiggono i miei:

«Dovresti ringraziarmi, invece di comportarti da ragazzina...»-si sofferma
su ogni singola sillaba, mentre la vena che attraversa la sua fronte diventa
più gonfia vicino alla mia fronte: « Non conosci mio padre.»-stringe la
presa intorno al mio gomito, al che mordo l'interno della guancia per non
gemere dal dolore, ma non mi arrendo e reagisco all'istante:

«Perchè mi hai protetta?»-incrocio le braccia al petto e faccio un passo
indietro dopo aver strattonato il braccio dalla sua presa.

La sua fronte si contorce ad una smorfia confusa, mentre preme le labbra
pronto a parlare, ma poi sembra ripensarci e rimane in silenzio, quasi
pensando ad una risposta logica da darmi per giustificare il modo in cui ha
deciso di 'salvarmi' da suo padre, che a quanto pare ha un debole per le
donne giovani.

Fa di nuovo per aprire bocca, scrutandomi dall'alto senza riuscire a
trovare una risposta nella sua testa da demonio, per poi sbuffare non
appena alzo le sopracciglia in segno di sfida.

Mi volta le spalle frustrato, mentre intrufola le dita tra i capelli già
abbastanza scompigliati sulla sua fronte e accelera il respiro, portandomi
a imitarlo senza rendermene conto quando si avvia verso il soggiorno.

Mi pento quasi della mia domanda e temo all'improvviso di rimanere sola
in una casa gigantesca come questa: sto sul punto di urlargli 'non andare!'
per farlo ritornare indietro, ma il mio battito cardiaco rallenta quando mi
accorgo che non si dirige verso la porta, ma contrae i muscoli scolpiti
sotto il tessuto morbido della maglia per poi voltare a destra e prendere
posto sul divano ad angolo.

Lo imito di nuovo portando una mano tra i capelli, per poi decidere di distrarmi in qualche modo, mettendo in ordine il tavolo e sparecchiarlo.

«Comunque mio padre aveva ragione...»- rompe il silenzio non appena vi avvicino al tavolo, ma non mi volto di nuovo dalla sua parte, mentre conclude soddisfatto: «La cena faceva schifo.»-il suo tono divertito mi offende al punto che mi fermo ai miei passi, stringendo la mascella alla seconda persona che abbia mai offeso la mia cucina in vita mia.

Stringo le dita delle mani in due pugni e giro i tacchi con una rabbia mai sentita prima d'ora, per poi accelerare il passo verso la televisione che James ha appena acceso.

Senza pensarci due volte la spengo davanti alle sue pupille spalancate per il mio gesto, ma, senza aspettare nemmeno che la sua espressione diventi incazzata di nuovo, gli punto l'indice contro, avvicinandomi al divano mentre il bodyguard nasconde un sorriso, alzando l'angolo della bocca:

«Tu ora mi aiuti a scopare in cucina.»-lo minaccio con un tono autoritario e con il braccio teso nella sua direzione, aggrottando le sopracciglia in un'espressione incazzata e delusa.

È stato gentile con me solo perché c'era suo padre, mentre io pensavo che mi avesse davvero fatto un complimento.

E ci ho creduto.

Ho sempre avuto la certezza di essere una brava cuoca, ma detto da lui mi è sembrato di avere davvero la conferma della mia bravura.

Sei stata bravissima.

Ci sono cascata come un'idiota, e mi sono sentita per la prima volta fiera di me, mentre ora questo stronzo mi rinfaccia che tutto quello che ho fatto non è servito a nulla!

«Preferisci sul tavolo o sul ripiano della cucina?»-alza entrambi gli angoli della bocca per assumere una smorfia da pervertito, protraendo il corpo in avanti sul divano e poggiando i gomiti sulle ginocchia mentre mi guarda dal basso.

I suoi occhi penetrano nei miei così intensamente che arriccio le labbra alle sue parole, mentre i suoi occhi iniziano a fare i raggi x per tutto il mio corpo, squadrandomi dalla testa ai piedi nell'esatto momento in cui capisco il doppio senso della mia minaccia.

Stringo le labbra in una linea dura e cerco di nascondere il rossore delle mie guance dietro la rabbia che mostro stringendo di nuovo i pugni quando mi accorgo che non ha intenzione di muoversi di un millimetro.

Insiste a guardarmi dritto negli occhi, mentre i miei si spostano sul telecomando al suo fianco.

La prima cosa che mi viene in mente per avere una piccola vendetta in cambio è portarglielo via, anche se so già che troverebbe di meglio da fare.

Tipo perdere tempo con il suo telefono, che una di queste notti troverò il coraggio di gettare fuori dalla finestra di questo appartamento di nascosto.

Decido lo stesso di placare la mia ira facendo due passi veloci nella sua direzione e abbassandomi all' altezza del divano prima che possa capire le mie intenzioni, ma prima ancora di girarmi e voltargli le spalle con il telecomando in mano mi sento afferrare per il gomito e vengo trascinata indietro con forza improvvisamente, per poi perdere l'equilibrio e scivolare sul petto di James, che afferra i miei fianchi in una mossa rapida, per poi fermare il mio bacino vicino al cavallo dei suoi Jeans non appena mi ritrovo seduta a cavalcioni su di lui.

Trattengo il respiro e mi azzardo a divincolarmi contro i suoi fianchi per rialzarmi e allontanarmi dal suo corpo, ma appena lo faccio un gemito strozzato esce dalle sue labbra e mi paralizza all'istante, quindi decido di ascoltarlo in silenzio e mentre le mi guancia continuano a prendere fuoco di nascosto.

«Ho voglia di assaggiarti di nuovo,Hannah... »- le sue pozzanghere finiscono sulla mia bocca mentre la sua voce seducente mi porta a ingoiare la saliva non appena mi accorgo che è serio e non mi sta prendendo in giro:

Ho voglia di assaggiarti...

Dilato leggermente le pupille quando incrocia di nuovo i miei occhi: i suoi sono così minacciosi e profondi mentre i miei imitano alla perfezione il colore naturale della cacca, il che mi porta a chiedermi perché la sua espressione si addolcisce ogni volta che le sue pozzanghere si mischiano alle mie.

Anche se è l'uomo più insopportabile che io abbia mai conosciuto, in questo momento non mi sento all'altezza della sua attenzione, per quanto James sia dannatamente bello.

Mi guarda con ammirazione, come se fossi la prima che fissa in questo modo, come se fossi la prima che vorrebbe davvero assaggiare.

Non mi rendo nemmeno conto di come si avvicina lentamente, mentre i suoi occhi rimangono aperti per fissare ogni millimetro del mio viso come se non avessimo appena litigato e come se suo padre non ci fosse mai stato in questo soggiorno.

Non appena sento la sua leggera barba scura pungere la pelle delicata del mio mento e mentre chiudo spontaneamente gli occhi, maledettamente desiderosa di sentire di nuovo il sapore della sua bocca di cui sulla mia lingua sono ancora presenti le tracce, mi scosto all'improvviso, portando le spalle indietro e poggiando entrambe le mani sul suo petto con un sopracciglio alzato, pensando a quante donne avrà trattato come fa ora con me.

«Mi hai scambiato per la tua Hilary, James.»-sussurro sul suo viso con lo stesso tono basso, mentre il bodyguard assume un cipiglio in viso, quasi deluso dal mio gesto, quindi decido di approfittare della sua perplessità per allontanarmi dalle sue grinfie ai lati del mio fianco.

34~Sei una ragazzina del cazzo

Ho sempre amato i fiori e vedere questa povera pianta nell'ufficio di Edward dalle foglie piegate per la mancanza di acqua, mi fa provare così tanta pena che mi alzo in direzione di Ed e prendo la sia bottiglietta d'acqua per metà già vuota.

È così preso dalla facciata del computer e dalle parole del fotografo al suo fianco che non si accorge del mio gesto, quindi ne approfitto e mi incammino verso la piantina per innaffiarla.

Mordo l'interno della guancia per l'ennesima volta, non sapendo se confessare o meno a Edward quello che ha combinato il suo migliore amico puttaniere ieri sera.

Forse James mi ha anticipata e ne hanno già parlato, ma Edward è troppo indifferente alla sottoscritta oggi, il che mi rilassa.

Porto istintivamente gli occhi fuori dalla vetrata dell'ufficio del mio capo, in cerca di non so cosa, o forse di una montagna di muscoli e una chioma scura e disordinata: porco ornitorinco!

Al solo pensiero delle labbra carnose e calde del bodyguard sulle mie, sollevo una mano verso il mio mento, per poi trascinare lentamente l'indice verso la mia bocca, mentre ritorna nella mia testa la sensazione delle labbra di James che avvolgono delicatamente il mio labbro inferiore.

Scuoto la testa all'improvviso quando sento Edward riprendere a parlare alle mie spalle e dopo essermi assicurata che di James non c'è nessuna traccia in giro.

«Sei emozionata?»-mi accorgo che si rivolge a me quando sento la porta sbattere e il fotografo uscire fuori dall'ufficio di Edward.

Annui senza pensarci due volte, cercando di non fargli capire nulla di cosa sia accaduto realmente.

Mi sento terribilmente in colpa e l'idea che suo amico possa confessargli tutto al posto mio mi uccide dentro.

Non solo non sto riuscendo a conquistare il mio capo prima della cena minacciosa che mi ha proposto mia madre, ma lo sto tradendo alla sue spalle senza rendermene conto o riuscire a controllarmi.

Dovrei essere davvero emozionata e ansiosa, se non fosse per il fatto che non ho mai voluto fare la modella e non m'importa do quello che pensa la gente, anche se i miei miseri follower sui social hanno superato le centinaia di migliaia non appena è stata lanciata la notizia ufficiale che sarei divenuta l'immagine dell'azienda più grande dell'imprenditore più sexy dell'America del nord.

Ho sempre odiato farmi notare, tanto che ho lasciato ai fotografi e a Edward guidare i miei profili, senza mai trovare il coraggio di vedere come vengo nelle foto.

Se la vera modella greca fosse al posto mio non oso immaginare quanto sarebbe felice in una giornata come quella di oggi, ma io so solo che presto troverò la mia faccia appiccicata ai muri dei quartieri di New York e altrove sotto forma di poster pubblicitario, il che mi dà anche assai fastidio, soprattutto temendo che a finire davanti agli occhi di tutti siano quelle foto a mio parere oscene.

Ed si alza dalla sua sedia, riempendomi finalmente delle attenzioni di cui avevo bisogno da parte sua, per poi incamminarsi con eleganza nella mia direzione.

«Avevo a malapena sette anni quando ho messo piede per la prima volta in questo ufficio.»-dice con un tono quasi malinconico, mentre porta gli occhi fuori dalla vetrata, studiando i suoi dipendenti attentamente, mentre la sua mano finisce sulla mia schiena, quasi volendo confortarmi, anche se quel gesto risveglia tutti i miei ormoni addormentati e scatena in me un putiferio.

Cerco di non darlo a vedere, anche se trattengo il respiro e lo lascio continuare, impegnandomi a non perdere il filo del suo discorso.

«Tutto questo mi sembrava irraggiungibile.»-indica gli uffici davanti a lui con l'indice mentre mi rivolge una rapida occhiata.

«Mi sembrava un altro mondo anche quando ho cominciato a lavorarci qui dentro.»-continua con un sorriso tenero e orgoglioso allo stesso tempo.

«Ma poi ho compreso il segreto.»-socchiudo gli occhi alle sue parole quasi scherzose, anche se ho ormai capito che Edward è sempre serio.

«Sentiamo.»-lo sfido cono stesso tono, mentre riduco senza rendermene conto la distanza tra i nostri visi.

«Sapere di essere superiore a tutti.»-il suo sorriso aumenta mentre comincio a distinguere le diverse tonalità di colore dei suoi occhi chiari.

Mantengo un'espressione seria e lo lascio continuare, non riuscendo a spiaccicare parola di fronte ai suoi occhi sorridenti:

«Soprattutto ai dipendenti.»-il mio sorriso sparisce del tutto quando mi dà la conferma delle parole di zio Gordon.

Indosso un abito elegante e sono a due millimetri di distanza dalle sue labbra sottili e invitanti, ma ricordo all'improvviso di essere solo una cuoca che lavora per lui.

Mi odierebbe se sapesse la verità in questo momento, ma nonostante io ne sia pienamente consapevole non riesco a fare a meno di fissare le sue labbra incuriosita, mentre i miei pensieri mi riportano ad una sera prima, quando al posto di Edward c'era James.

Non capisco perché continuo a paragonarlo all'uomo che ora si trova di fronte a me: Edward sembra avvicinarsi quasi ipnotizzato dai miei occhi, mentre prendo un forte respiro, e capisco che avevo ragione nel ritenere che provasse qualcosa per me.

Sta per baciarmi.

Sta per baciarmi perché vuole incollarsi alle mie labbra e non perché vuole farsi vedere da qualcuno, a differenza di James.

Vuole tenermi più vicina mentre il bodyguard è così misterioso che sparisce ogni giorno e fa di tutto per di non passare del tempo con me.

Ieri sera ho ricevuto la conferma che vuole solo entrarmi nelle mutande per avere un'esperienza in più, come se non gli bastassero Hilary, Kate e tutte le prostitute che gli sbavano dietro.

Stringo le dita in due pugni senza rendermene conto, mentre avanzo verso la bocca di Edward prima di cambiare idea e quasi pentirmi della mia mossa, soprattutto dopo aver baciato il suo migliore amico.

Non faccio nemmeno in tempo a sfiorare le sue labbra e sentire l'odore di Edward che la porta si spalanca all'improvviso, facendo un rumore sordo e fastidioso che cattura la nostra attenzione e ci costringe ad allontanarci in una frazione di secondo.

Abbasso gli occhi per l'imbarazzo che qualcuno ci abbia visto così vicini, ma allo stesso tempo rimango infastidita da chi ci ha interrotti, anche se cerco di non darlo a vedere, trattenendomi dallo sbuffare mentre la mano di Edward scivola lontano dalla mia schiena.

Incrocio le braccia al petto e inizio a fissare le mie gambe più nude del solito, mentre la gonna del vestito stringe i miei glutei alla Kim Kardashian, facendomi sentire a disagio da stamattina.

«James...»-Edward si schiarisce la voce, ma nell'udire quel nome alzo la testa di scatto e spalanco le pupille, mentre lascio cadere le braccia ai lati dei miei fianchi non appena incrocio i suoi occhi.

Non riesco a capire se è arrabbiato o stupito, ma è la prima volta che mi guarda in questo modo, che se... lo avessi deluso.

Mi fissa così intensamente che perdo un battito nel vederlo in questo stato, con la fronte corrugata, segno del fatto che si è immerso nei suoi pensieri, mentre i suoi occhi sono talmente arrossiti che sembra volermi insultare in tutte le lingue.

È così incazzato che le sue labbra carnose sono premute in una linea dura e i suoi lineamenti perfettamente rigidi e squadrati.

Continua a guardarmi come se solo noi due fossimo presenti in questo ufficio, ma Edward cerca di catturare di nuovo la sua attenzione, costringendolo a portare gli occhi nella sua direzione.

«È successo qualcosa?»-l'uomo al mio fianco insiste, ma James si trattiene visibilmente di sfogare la sia rabbia, contraendo i muscoli del collo e portando il labbro inferiore tra i denti e stringendolo così fortemente che distolgo gli occhi dalla sua figura, temendo che possa davvero fare lo stronzo in questo momento e rinfacciarmi davanti a Edward che sono solo una bugiarda.

Cerco di convincere me stessa che questa reazione da parte di James è dovuta al fatto che mi odia per aver mentito al suo amico, anche se nella mia testa si fa spazio l'idea assurda che possa essere geloso.

Ma uno come lui non potrebbe mai provare nulla nei miei confronti e l'unica cosa che lo preoccupa è che io possa ingannare Edward, nonostante non ha ancora detto nulla al su amico.

«I giornalisti mi hanno rotto il cazzo.»-sobbalzo alla sua voce roca e fredda che rimbomba nell'ufficio di Edward e che mi fa tremare persino più dei suoi occhi più scuri del solito.

Non mi azzardo ad alzare gli occhi, consapevole del fatto che mi sta guardando anche se le sue parole sono rivolte all'uomo al mio fianco, ma cerco lo stesso di trattenermi dall'uscire di corsa dalla stanza, mentre sento mancare il respiro quando realizzo le sue parole.

Gordon mi aveva accertata che non ci sarebbe stato alcun incontro con paparazzi o fotografi al di fuori dell'azienda, e se solo mia madre rivedesse e memorizzasse il volto di Edward il piano assurdo di Gordon non funzionerebbe.

«Mio padre ha suggerito di evitarli.»-Edward sospira, portando una mano sotto il mento e assumendo un'espressione pensierosa, quasi cercando di trovare una soluzione.

Le sue parole mi tranquillizzano assai e per un attimo mi dimentico della presenza di James all'ingresso.

Vorrei non essere finita in questa situazione, ma non deve importarmi di quello che pensa il bodyguard, anzi, dovrei piuttosto prenderlo a schiaffi per averci interrotti.

Chissà come sarebbe stato baciare Edward. Forse avrei provato di più di quella strana sensazione che ho provato nei confronti di James.

«Portala al suo appartamento.»-l'uomo al mio fianco inclina la testa nella mia direzione, rivolgendosi a James con un tono autoritario.

Vorrei urlargli di ritirare quello che ha detto prima che il bodyguard possa acconsentire, ma mi anticipa lo stesso prima che Edward finisca di parlare:

«Ho da fare!»-si affretto a ribattere incazzato, passando la lingua tra le labbra per poi passare rapidamente una mano tra i capelli neri, mentre lancia una veloce occhiata a una dipendente appena fuori dall'ufficio, di cui mi accorgo solo ora.

Certo che hai da fare, brutto puttaniere strafottente e stronzo che non sei altro!

Il mio respiro si accorcia quando mi accorgo che la donna alza gli occhi al cielo all'improvviso, quasi scocciata della situazione che si è venuta a creare.

«Accompagnami tu.»- mi rivolgo al mio capo e le mie parole vengono fuori senza riuscire a controllarle, mentre Edward corruga la fronte e James di fronte a noi serra la mascella, contraendo i muscoli delle spalle che improvvisamente sembrano più ampie, ma decido di non dare retta alle loro espressioni sorprese e insisto di nuovo pur di non essere un intralcio per il coglione che non riesco nemmeno a guardare in faccia per la rabbia.

«Non posso... »-Ed inizia a balbettare, mentre cerca di capire il motivo del disagio che si è creato tra me e il suo adorato amico dal passato misterioso.

Nonostante l'atteggiamento di Edward ora inizi a infastidirmi, cerco di non darlo a vedere e con una calma che non avrei mai pensato di avere, interrompo l'uomo al mio fianco, poggiando una mano sulla sua spalla per assicurarlo:

«Torno da sola.»-annuisco alle mie parole, anche se sono ben consapevole del fatto che sarò fortunata se arrivo a casa prima di domani per quanto è distante, soprattutto se si fa a piedi.

Non aspetto che Edward si lamenti e cerchi di convincermi del contrario, quindi mi avvicino al suo viso per lasciare un rapido e dolce bacio sulla guancia, soffermandomi più del dovuto con le labbra incollate alla sua pelle liscia, per poi avviarmi rapidamente verso la sua scrivania e afferrare il cappotto.

«A domani.»-lo saluto mentre indosso l'indumento e mi stringo nel cappotto, preparandomi mentalmente a una marcia attraverso il polo nord dopo aver ricevuto un cenno del capo da parte di Edward, anche se sembra assai poco convinto della mia decisione.

Ingoio la saliva e mi avvio verso l'ingresso prima di riprensarci, ma fingendo un'espressione sicura quando passo davanti al bodyguard, che decido di non degnare di un'occhiata, anche se non riesco a fare a meno di trucidare con gli occhi l'impiegata vino alla porta, strappandole i capelli mentalmente davanti a James.

Mi incammino per i corridoi ormai famigliari dell'azienda meno sicura di prima e sicuramente demoralizzata: ha davvero osato rinfacciarmi che preferisce lasciarmi in mezzo a quattro strade pur di nascondersi in bagno con una Barbie tutta rifatta, che molto probabilmente ha scambiato quest'azienda con un concorso di Beauty Pageant.

Il rumore dei miei tacchi diventa ancora più assordante quando mi avvicino all'uscita di emergenza dell'edificio, almeno in questo modo posso evitare i giornalisti.

Avanzo verso i primi gradini che portano alla via d'uscita, ma nell'esatto momento in cui poggio la mano sulla maniglia, una mano avvolge saldamente il mio gomito per trascinarmi indietro e costringermi a sbattere la schiena contro quello che inizialmente mi sembra un muro:

«Sei una ragazzina del cazzo!»

35~È gelosa?

James

È una bambina talmente fastidiosa che mi sta sul cazzo dal primo giorno che è sbucata fuori nella villa di Gordon, ma non avrei mai pensato che l'avrei odiata così tanto.

Ho lasciato la stanza di quel coglione e l'ho seguita, ma solo per evitare di ammazzare di botte Edward: come fa ad essere così rincoglionito e non accorgersi che è una cameriera da due soldi!

Un istinto omicida mi impediva persino di rivolgere la parola al mio presunto amico, anche se sono riuscito a trattenermi e scappare prima di fare qualcosa di cui mi sarei pentito.

La odio così tanto, cazzo!

È una stupida adolescente dagli ormoni a mille per un miliardario che sarebbe rifiutato persino da una puttana se non fosse ricco!

Non appena i miei occhi sono finiti sulla loro figura sono rimasto spiazzato in mezzo all'ufficio senza riuscire a muovere un muscolo, guardandola farsi baciare da Edward, mentre solo una sera prima si stringeva alle mie labbra come se fosse affamata di me e volesse di più.

Sento i muscoli del mio petto irrigidirsi e rilasciarsi rapidamente, mentre il mio respiro ritorna di nuovo ad essere affannoso non appena mi trovo a pochi passi dalle sue spalle.

Senza nemmeno rendermene conto i miei occhi fanno i raggi x a tutti il suo corpo, fissando ogni centimetro di lei dalla testa ai piedi per accorgermi di nuovo di quanto il suo corpo sia minuto.

Corrugo le sopracciglia e sospiro pesantemente quando mi accorgo solo ora che le sue gambe sono scoperte e la sua pelle pallida e invitante è in bella mostra.

Fottiti!

Vorrei trascinarla in malo modo al nostro appartamento e costringerla a cambiarsi all'istante.

È conciata peggio di Kate quando viene a farmi visita durante il weekend e non so perché ma mi dà terribilmente fastidio.

Quando mi trovo abbastanza vicino da sentire l'odore della sua pelle abbasso di nuovo la vista verso il suo fondoschiena appena coperto, mentre nella mia mente iniziano ad apparire immagini di Hannah sul mio corpo nudo, mentre mi guarda in modo innocente con due fottuti occhi ipnotizzanti, pronta a urlare il mio nome dal piacere.

Porto una mano tra i capelli, stringendo le mie ciocche scure tra le dita, frustrato dai miei pensieri folli che cerco di scacciare dalla testa per riprendere a odiarla come non ho mai disprezzato una donna in vita mia.

Afferro il braccio di Hannah rapidamente e la trascino verso il mio petto in un millesimo di secondo, ma ancor prima che possa insultarmi, incrocio le sue pupille dilatate e la riprendo tra i denti senza pensarci due volte:

«Sei una ragazzina del cazzo!»-stringo le dita intorno al suo gomito con così tanta forza che assume una smorfia di fastidio mentre mi guarda come un cane bastonato dal basso.

Non mi faccio influenzare dalla sua espressione e non le do il tempo di lamentarsi mentre la costringo a seguirmi a passo felpato, anche se cerca più volte di strattonare il braccio dalla mia presa inutilmente:

«Lasciami!»-cerca di imitare il mio tono freddo, ma non la degno di un'occhiata mentre ci incamminamo verso l'uscita del retro dell'edificio.

Serro la mascella per l'ennesima volta e mi trattengo dall'urlarle di starsi zitta: persino la sua voce sembra essere cambiata.

È conciata peggio di una Barbie con quella minigonna che non lascia nulla all'immaginazione e con una voce stridula e fastidiosa che mi fa venire il mal di testa.

Per la frustrazione non mi accorgo nemmeno di aver allentato la presa quando attraversiamo il parcheggio stretto e nascosto, ma Hannah ne approfitta e allontana il gomito dalla mia presa, piantando i piedi per terra e incrociando le braccia al petto.

«Non ho bisogno della tua compagnia.»-dice alle mie spalle, soffermandosi su ogni singola parola con così tanta calma che il mio respiro ritorna ad essere irregolare.

Temo di fare qualcosa di cui pentirmi se mi giro dalla sua parte, quindi costringo me stesso ad abbassare gli occhi per terra e non urlarle contro.

«Anzi... »-continua dopo un paio di secondi di silenzio, mentre trova il coraggio di avanzare e sorpassarmi per trovarsi di fronte a me e darmi una veloce occhiata, per poi voltarmi le spalle sgarbatamente, quasi volendo provocarmi quando inizia a muovere le chiappe davanti a me per allontanarsi dalla mia figura, ma non mi muovo di un millimetro e aggrotto la fronte confuso, lasciandola continuare a parlare, mentre cerco di mantenere la vista alta sulle ciocche ondulate che si muovono alle sue spalle:

«... a quanto pare c'è qualcuno che ti vuole più di me, in questo momento.»-conclude con un tono disgustato, mentre cerco di capire cosa voglia dire, il che mi risulta difficile dato che sembra ubriaca in questo momento.

Dannazione! Riesco a gestire più facilmente persino mia sorella!

Spalanco gli occhi quando capisco a cosa si riferisce, ma mentre le sue parole si ripetono nella mia testa i miei muscoli si rilassano lentamente e la rabbia comincia a scendere.

È gelosa?

Socchiudo gli occhi, quasi dimenticandomi della scena a cui ho assistito poco fa, mentre increspo le labbra cercando di trattenere un sorriso malizioso.

Senza nemmeno accorgermene mi incammino nella sua direzione, mentre la sua voce fastidiosa si imprime nella mia testa.

Non riesco a capire come fa a farmi diventare così lunatico: fino a un paio di secondi fa non riuscivo a controllare la rabbia, mentre ora devo fingere di essere incazzato e provo una voglia immensa di chiederle cosa voleva dire.

Mi limito a stare in silenzio e riflettere sulle sue parole, come se mi importasse davvero di sapere se è gelosa delle donne che mi circondano.

È palese che è attratta da me. Le piaccio più di quanto lei pensa e l'ho capito nel momento in cui non voleva allontanarsi dalla mia bocca e premeva le dita contro il mio petto davanti a mio padre.

Quello che non riesco a capire è perché la ritrovo il giorno dopo tra le braccia di Edward, a scambiare saliva con un babbeo che ha paura di toccare una donna per non offenderla.

Mi fermo all'istante dopo nemmeno tre passi, ricordandomi all'improvviso di quello che questa ragazzina ha combinato, quindi prendo un forte respiro e assumo nuovamente una smorfia seria in volto:

«Hai ragione.»-dico all'improvviso, con una voce così bassa che all'inizio penso che non mi abbia sentito, ma quando noto che si ferma sul posto alle mie parole, alzo il mento in segno di orgoglio, ricevendo da Hannah proprio la reazione che desideravo, anche se non si gira dalla mia parte e rimane in silenzio per un paio di secondi.

Aggrotto le sopracciglia e socchiudo gli occhi, aspettando che riprenda a camminare senza degnarmi di una parola, ma porto il labbro inferiore tra i denti quando la sento sussurrare da lontano:

«Stronzo.»

Gli angoli della mia bocca si piegano spontaneamente verso l'alto, nonostante continui a divorarmi dentro per averla beccata baciarsi con il mio amico, ma la lascio lo stesso camminare e allontanarsi dalla mia figura, aspettando che sia abbastanza lontana da poterla seguire di nascosto.

Le strade di New York sono come dei casinò all'aperto e anche se l'appartamento non dista molto, non mi fido dei pervertiti in giro, soprattutto trattandosi di Hannah, che si farebbe ingannare persino da un bambino.

Seguo con la coda dell'occhio le sue spalle, iniziando a seguirla lentamente con le mani nella tasca dei jeans, mentre l'auricolare da bodyguard inizia a darmi fastidio al punto che decido di toglierlo, ma senza perdere d'occhio la donna di fronte a me.

Il leggero venticello newyorkese è il motivo per cui non ho seguito il suggerimento di mia madre e non mi sono trasferito in questa metropoli, ma inizio persino ad apprezzarlo quando i capelli profumati di Hannah vengono scompigliati, tanto che mi sembra di percepire il loro odore da lontano.

Cerco di ingannare me stesso che non sia una bella donna, ma, dannazione, ha dei capelli così lunghi e morbidi che spesso mi viene voglia di accarezzarli, cosa che non ho mai fatto nemmeno con mia madre.

Non ha sicuramente il fisico di una modella. Quella che Edward aveva assunto due anni fa, sì, cazzo! Aveva un fisico da urlo e mi faceva uscire di testa ogni volta che le entravo nelle mutande.

Quella si che vi sapeva fare.

Al solo ricordo porto il labbro inferiore tra i denti, mentre i miei occhi finiscono sull'orologio intorno al mio polso, spalancando gli occhi quando mi accorgo che è già tardi e dovrei ritornare a fare visita a mia madre, piuttosto che seguire una rompiscatole.

Alzo rapidamente gli occhi per assicurarmi che sia ancora viva, ma mi fermo all'improvviso quando mi accorgo che Hannah è ferma sul posto a una decina di metri da me, guardandosi intorno come se non sapesse dove andare.

Alzo gli occhi al cielo e faccio per nascondermi dietro un paio di alberi, ma ci ripenso quando mi accorgo che si avvicina a un gruppo di uomini vicino a lei.

Socchiudo gli occhi, già scocciato dall'ingenuità di questa ragazza, mentre mi avvio a passo felpato nella sua direzione prima ancora che possa chiedere indicazioni stradali a dei porci pedofili.

Sta davvero suggerendo il suo indirizzo a dei malfamati solo perché non sa come ritornare a casa!

La mia espressione diventa di nuovo seria e minacciosa per intimorire chi le sta di fronte non appena mi avvicino alle spalle di Hannah, ma riesco ad attirare l'attenzione solo di uno dei quattro presenti, che ha stampato in faccia un sorriso così malizioso che mi trattengo dal saltargli addosso.

Non appena incrocia i miei occhi abbassa di nuovo gli angoli della bocca, guardandomi dal basso, per poi dare una gomitata all'uomo al suo fianco, mentre Hannah smette di chiedere loro indicazioni all'improvviso.

Non le do il tempo di girarsi che poggio una mano nella parte bassa della sua schiena, sentendola irrigidirsi subito al mio tocco.

Premo contro la sua pelle per costringerla ad avanzare oltre il gruppetto, evitando di guardarla negli occhi o rimproverarla per l'ennesima volta, anche se, non appena si accorge della mia presenza, si rilassa all'istante, evitando di chiedere spiegazioni e riempirmi di domande come mi sarei aspettato.

La sento respirare pesantemente al mi fianco e sento i suoi occhi addosso, mentre mi guarda dal basso con un'espressione quasi soddisfatta, ma mi trattengo dal risponderle male e la imito, rimanendo in silenzio fino a quando non arriviamo di fronte alla struttura famigliare del nostro appartamento.

I miei occhi ogni tanto finiscono in basso, di nuovo verso le sue gambe nude, anche se cerco di non darlo a vedere e fingo di guardare l'asfalto della strada che attraversiamo a passo felpato, mentre passo più volte la mano tra i capelli.

Non mi ero mai reso conto che la sua pelle fosse così chiara.

Molto probabilmente mi distrae sempre il suo carattere di merda.

«Ti posso lasciare sola, o rischi di perderti per le scale?»-chiedo ironico non appena ci avviciniamo all'ingresso del grattacielo, ma mantengo un'espressione seria e infastidita, tanto che incrocia le braccia al petto dopo aver schiaffeggiato la mia mano ancora sulla sua schiena.

«Potevo venire da sola.»-dice tra i denti, ma alzo gli occhi al cielo prima che finisca di parlare.

«Certo...»-farfuglio tra me e me, per poi continuare davanti ai suoi occhi attenti, mentre fa un passo in avanti pronta a minacciarmi: «... in compagnia di quattro maniaci che non volevano altro che scoparti...»-l'ultima parola non fa in tempo a uscire dalla mia bocca che un forte schiaffo da parte di Hannah mi fa girare la testa di lato.

Spalanco gli occhi all'improvviso, non appena realizzo cosa sia successo, ma non mi volgo di nuovo dalla sua parte prima di aver serrato la mascella.

Accumulo in me così tanta rabbia che temo davvero di farle del male, mentre giro lentamente la testa per rivolgerle uno sguardo omicida, davanti agli occhi attenti dei passanti che ci guardano incuriositi mentre passano vicino a noi, ma quando le mie pupille incontrano quelle della ragazzina di fronte a me, la mia espressione si addolcisce all'istante all'immagine di Hannah che porta entrambe le mani davanti alla bocca, quasi mortificata del suo stesso gesto.

I suoi occhi guardano disperati i miei mentre si avvicina sempre di più, temendo la mia reazione palesemente, ma non trovo il coraggio di

allontanarla e la lascio alzarsi in punta di piedi per raggiungere l'altezza
del mio viso.

Le mie narici smettono di inspirare l'aria e corrugo le sopracciglia pronto a
ricambiare il suo bacio, ma rimango perplesso quando le sue labbra
entrano a contatto con la mia guancia dolorante, come se in questo modo
potesse alleviare il dolore.

Trattengo di nuovo il respiro al suo tocco, provando una strana sensazione
di piacere che non dura nemmeno un millesimo di secondo, dato che si
allontana subito per ritornare con i piedi per terra e sprofondare la testa
nel mio petto, come se volesse cercare di tranquillizzarmi.

Ma non sa che non solo è riuscita a calmarmi, ma mi sta facendo sentire
un idiota scatenando in me delle maledette sensazioni che non ho mai
provato prima.

Sollevo istintivamente le braccia per avvolgere il suo corpicino, ma poi ci
ripenso subito ed evito di stringerla a me, anche se una grande voglia di
farlo.

Dannazione, Hannah!

«Non è niente.»-mi schiarisco la voce, quasi balbettando mentre mi
sembra che le sue labbra siano ancora sulla mia pelle. Con una mano
afferro il suo avambraccio e la costringo ad allenarsi delicatamente,
confuso della mia reazione.

«Ritorna a casa.»-insisto con un tono più roco e sicuro, al che lei risponde
con un cenno del capo, annuendo senza riuscire a incrociare i miei occhi,
ma le volgo lo stesso le spalle senza confortarla, non sapendo come farlo,

per poi lasciarla lì impalata e allontanarmi a passo felpato dall'ingresso in cerca di un taxi.

Sento di nuovo il suo sguardo incuriosito alle mie spalle, ma trattengo l'istinto di guardarla di nuovo in viso o di portare l'indice sulla mia guancia.

Non è niente!

Sono un coglione!

Dovevo urlarle contro per quel gesto, soprattutto dopo che stava per scopare con Edward davanti ai miei occhi meno di mezz'ora fa.

Invece mi sento in colpa, cazzo!

Alzo un braccio non appena vedo avvicinarsi un'auto gialla per indicarle di fermarsi, ma mi dimentico persino di dare indicazioni all'autista per quanto sono immerso nei pensieri.

«Rochester, Xerox Square.»-mi affretto a dire quando mi accorgo che mi guarda con diffidenza.

Non appena il taxi riparte ne approfitto per guardare con la coda dell'occhio occhio verso l'ingresso del palazzo, ma Hannah è già scomparsa, il che mi tranquillizza, facendomi capire che mi ha obbedito, almeno questa volta...

Scuoto la testa per evitare di ritornare a pensare a quello che combina quella bambina, per estrarre il telefono dalla tasca e inviare rapidamente un messaggio a Edward prima che sia lui a chiedermi che fine ho fatto.

Non aspettarmi oggi.

Non mi spingo oltre per evitare di apparire persino più freddo e lascio il telefono cadere sul sedile per dare un'occhiata fuori dal finestrino, già infastidito dalla puzza di questa macchina.

Puzza di McDonald e Old Homestead.

Mi pento all'istante di non essere ritornato all'azienda per riprendere la mia macchina, ma mi rendo conto che è troppo tardi solo quando ci avviciniamo al quartiere dove sono cresciuto prima del previsto.

Assumo una smorfia quando le prime donne in minigonna e perizoma segnano l'arrivo nella mia città: credo che molti fanno proprio riferimento a loro per orientarsi, anche se altri le usano per altro.

Esco dal taxi prima ancora che si fermi, lasciando i soldi sul sedile posteriore, per poi fare un cenno con il capo all'autista e allontanarmi dal parcheggio.

Non l'avevo nemmeno pianificato, ma all'improvviso sento il bisogno di quella donna per distrarmi.

L'unica donna che riesce a tenermi testa.

36~Non posso competere con Hilary

«Quella?»-l'autista indica il taxi che si trova già a un paio di metri di distanza da noi, al che mi affretto ad annuire per suggerirgli di seguirlo.

«Non penso sia lecito signorina.»-dice quasi spaventato dalle mie intenzioni, ma non riesco a trattenere la rabbia e lo incito a partire senza pensarci due volte:

«Sbrigati!»-infondo non capisco di che cosa si lamenta se poi verrà pagato.

James mi ammazzerebbe se lo sapesse, ma la curiosità mi dentro tanto da voler sapere dove sta andando.

Una parte di me pensa che stia ritornando sicuramente all'azienda di Edward, ma non capisco perché il mio lato oscuro e ficcanaso mi suggerisce di spiarlo.

Forse in questo modo saprò qualcosa di lui, dato che è così misterioso e non gli scappa mai nulla sulla sua vita privata.

Ma non voglio mentire a me stessa: lo seguo soprattutto perché ho il brutto presentimento che la sua meta sia la casa di Hilary.

L'autista si zittisce per il resto del viaggio, mentre i miei occhi rimangono fissi al taxi di fronte a me.

Mi sale l'ansia solo pensando alla reazione del bodyguard se dovesse beccarmi, ma la curiosità di sapere cosa stia combinando si fa sempre più forte, mentre l'auto percorre strade che non ho mai visitato prima.

La cosa che mi lascia perplessa sono gli alti grattacieli che sembrano superare in altezza quelli newyorkese, anche se mi sono distratta a tal punto finora che non so nemmeno se siamo usciti fa New York.

Mi sembra un luogo davvero invitante, soprattutto per gli alberi giganteschi che segnano il marciapiede, ma cambio idea all'istante quando ci allontaniamo abbastanza dalla piazza da trovarci in un area più appartata, quasi abbandonata per le poche abitazioni ai lati della strada.

Socchiudo gli occhi e dilato leggermente le narici quando il taxi che James ha fatto fermare, parcheggio proprio di fronte a un gruppo di prostitute, che, non appena il bodyguard esce dall'auto, raddrizzano la schiena e si fanno avanti nella sua direzione.

Sbatto più volte le palpebre, non credendo ai miei occhi, ma tiro un sospiro di sollievo quando mi accorgo che James le sorpassa e le lascia alle spalle, avanzando a passo felpato, mentre un sorriso si forma sulle mie labbra, ma all'improvviso mi rendo conto del mio obiettivo e del fatto che il taxi si è fermato, quindi mi affretto a pagare l'autista ancora spaventato dal mio atteggiamento, e correre alle spalle del bodyguard.

Solo in occasioni come questa mi pento di non aver indossato un paio di scarpe da tennis, invece dei tacchi alla Lady Gaga, ma non avrei mai immaginato stamattina che mi sarei messa a rincorrere il bodyguard per sapere chi è quella donna speciale di cui so solo il nome.

Il cuore mi sale in gola quando gira la testa a destra, quindi rallento il passo e mi preparo a nascondermi dietro la fontana al mio fianco, ma riprendo a camminare con un respiro regolare quando riprende a guardare di fronte a sé.

Dopo un plo di secondi approfitto della situazione per fare i raggi x del suo corpo, come se non conoscessi già ogni curva che formano i suoi muscoli sotto la giacca nera.

Il modo in cui cammina non lo lascia inosservato di fronte ai passanti, ovviamente di sesso femminile: le sue mani sono infilate nei jeans scuri che indossa e le sue spalle rigide e larghe suggeriscono tutto ciò che c'è sotto quella sua dannata camicia.

Scuoto la testa e ritorno alla realtà quando passa una mano tra i capelli e imbocca uno stretto viale che parte dalla piazza, quindi cerco di non distrarmi e affrettare il passo prima di perderlo di vista.

Non credo di aver mai seguito una persona in vita mia, anche se sono una ficcanaso e amo farmi gli affari degli altri.

Socchiudo gli occhi quando l'uomo di fronte a me passa una mano tra i capelli, per poi alzare la testa per salutare uno dei passanti, che all'improvviso si ferma con una risata sincera.

Spalanco gli occhi per nascondermi dietro ad un bidone della spazzatura a pochi passi di distanza, ma abbastanza da riuscire a sentire la conversazione tra i due.

L'uomo sembrava davvero anziano e ne ho la conferma quando inizia a parlare a James:

«Figliolo!»-dalle sue labbra scappa un'altra risata stanca, inframezzata da una lunga tosse, mentre dà una pacca alla spalla al bodyguard: «Eri piccolo così l'ultima volta che t'ho visto.»-cerco di catturare ogni dettaglio della scena che ai presenta di fronte a me.

Per la prima volta James è serio e maturo allo stesso tempo, mentre ricambia il sorriso del vecchio, alzando il mento per indicarlo:

«E ti trovo meglio di vent'anni fa, zio.»-dilato le pupille alla sua risposta.

Zio?!

James ha uno zio che non ha visto per vent'anni, e non riesco a capirne il motivo, quindi tendo le orecchie per ascoltare meglio, approfittando della loro conversazione per capire cosa nasconde il bodyguard.

L'anziano sarà sui sessant'anni, anche se il suo berretto nero lo rende assai giovane, così come gli occhi lucidi e vivaci.

A giudicare dalla sua espressione e dalle sue parole direi che è un tipo furbo.

Deve essere pure un mafioso se ha guadagnato il rispetto di James, ma cerco di scacciare quest'idea dalla testa e non distrarmi:

«Ma stai zitto!»-ride inclinando la testa con lo stesso sorriso stanco-«Dimmi di te? Quanti figli hai?»-chiede di nuovo, ma viene interrotto da un'altra tosse fastidiosa, per poi continuare: «Tua moglie?»-il mio cuore inizia a battere all'impazzata nel sentire il vecchio, ma James si limita ad allargare il sorriso, per poi schioccare la lingua al palato e scuotere la testa:

«Non sono sposato, Jasper.»-la voce del bodyguard mi fa rabbrividire, mentre i miei occhi percorrono il suo profilo attentamente.

«Eh. Non seguire il mio esempio, ragazzo!»-lo ammonisce con l'indice a mezz'aria, per poi riprendere a fatica: «Trova una brava ragazza.»-abbasso gli occhi per terra alle parole dell'uomo, mentre cerco di trattenere un sorriso per il modo in cui dà consigli a James, come se fosse suo padre.

Forse non lo conosce tanto da sapere che James non è un tipo da 'brava ragazza', ma da 'segretaria sexy'.

Socchiudo gli occhi quando il bodyguard passa una mano tra i capelli, per poi portare la mano destra sulla guancia e sfiorarla con il pollice e l'indice.

«La troverò, la troverò.»-alzo gli occhi al cielo alle sue parole, e lo stesso fa l'uomo di fronte a lui, capendo dal suo tono che non manterrà la promessa.

«Te ne pentirai quando avrai i peli del culo bianchi come i miei.»-James scoppia in una risata sincera, quindi ne approfitto per ammirare i suoi denti bianchi in mostra, mentre il vecchietto gli dà un'ulteriore pacca alla spalla.

All'improvviso mi rendo conto che non ha parlato a suo zio di Hilary, il che mi rilassa e mi fa capire che la loro relazione forse non è così seria come mi ha fatto credere quello stronzo.

Mi perdo a tal punto nei pensieri che non mi rendo nemmeno conto che i due si sono salutati e lo zio Jasper sta venendo nella mia direzione.

Il cuore mi sale in gola quando sorpassa i bidoni della spazzatura, mentre prego tutti gli dèi del cielo che non guardi nella mia direzione.

Mi faccio piccola e socchiudo gli occhi, come se così potesse non vedermi, ma proprio quando assumo una smorfia di timore gira la testa nella mia direzione, tessendo.

Spalanca gli occhi chiari e irrorati dal sangue quando incrocia i miei, ma mi affretto a portare l'indice davanti al naso e mimare con la bocca di non dire nulla, al che aggrotta la fronte e porta istintivamente gli occhi nella direzione di James.

Il mio respiro si blocca quando riprende a guardarmi, per poi spostare gli occhi di nuovo verso il bodyguard, più confuso di prima.

Annuisco quando sembra voler chiedere conferma dei suoi dubbi, quindi assume un'espressione maliziosa all'istante, al contrario di ciò che mi sarei aspettata.

Alza una mano in segno di saluto e inclina la testa, studiando il mio viso attentamente, ma senza mettermi in imbarazzo: mimo un 'grazie' con le labbra prima che si allontani, al che risponde con un sorriso sincero, per poi aggiustarsi il berretto sulla testa e fare finta di non avermi mai vista.

Con il cuore che sembra essere sul punto di uscirmi dal petto, tiro un sospiro di sollievo e mi affretto a rialzarmi, notando che il bodyguard è già abbastanza lontano che fatico a distinguere la sua figura da quella dei passanti, quindi mi sbrigo a correre nella sua direzione senza preoccuparmi che possa girarsi di nuovo.

Da lontano riesco a notare che James si ferma di fronte ad un cancello scuro.

Lo imito, rallentando gradualmente il passo mentre mi guardo intorno, per poi portare gli occhi verso la casa di fronte a bodyguard.

Spalanco gli occhi e le labbra contemporaneamente quando il mio sguardo finisce su una villa che sembra essere il doppio di quella di Edward.

È circondata da una fila di alberi e fiori così belli che non credo di aver mai visto prima.

Socchiudo gli occhi quando mi accorgo che all'ingresso sono presenti due cani giganteschi che alzano la testa all'improvviso quando si accorgono della presenza di James davanti al portone.

Infatti iniziano ad abbaiare così tanto che sono costretta a chiedere gli occhi per lo spavento.

Sono davvero grossi, uno nero e l'altro completamente bianco, ma non so dire di che razza sono, ma vengo colpita quando saltano addosso al bodyguard quando questi è già entrato nel giardino.

Lo sento ridere sonoramente, facendomi sorridere a mia volta,a scuoto la testa e ritorno alla realtà quando mi rendo conto che il cancello è ancora aperto.

Ne approfitto per entrare di nascosto, spinta da una curiosità crescente: se questa è la casa di Hilary, anch'io mi fidanzerei con lei.

L'erba del giardino è così morbida che decido di privarmi dei tacchi non appena supero il cancello della casa gigantesca, senza smettere di tenere sotto controllo James, ora in compagnia solo del cane bianco, che continua ad accarezzare mentre avanza verso il portone della villa.

Lo seguo attentamente con gli occhi, nascosta dietro ad un cespuglio fino all'esatto momento in cui la sua figura scompare dentro la casa.

Aggrotto la fronte e lancio un'occhiata veloce alle spalle, per poi allungare il collo oltre il cespuglio e assicurarmi di essere rimasta sola in giardino.

Prendo un forte respiro, prendendomi a schiaffi mentalmente per essere una pazza da rinchiudere in un manicomio.

Non dovrei essere qui in questo momento!

Non avrei dovuto seguirlo, maledizione!

Anche se forse ho fatto bene a spiarlo e seguirlo fino a qui: almeno ora ho capito che non posso competere con Hilary.

Competere con Hilary?!

Perché devo competere con lei?

Non m'importa della relazione che c'è tra James e questa donna.

Non m'importa affatto... credo.

Il mio battito accelera di nuovo senza che me ne renda conto, ma cerco di convincere me stessa che l'unico sentimento che provo nei confronti del bodyguard è odio.

Lo odio come non ho mai odiato nessuno, nemmeno mia madre, soprattutto per il suo essere arrogante e attraente... cioè prepotente! Soprattutto prepotente!

Sospiro contro le foglie del cespuglio di fronte a me, pronta a ritornare indietro e sperando di ricordare la strada per arrivare all'appartamento sana e salva.

Ora ho capito dove passa le notti James, ma mi sento così piccola di fronte a questo castello per poterlo insultare e chiedermi perché gli sta così a cuore Hilary.

È tutto così perfetto in questo giardino e la villa lascia col fiato sospeso anche solo guardandola da fuori, non oso immaginare com'è all'interno.

Scuoto la testa più volte per smetterla di deprimermi e mi alzo in piedi prima di essere beccata da qualche telecamera nascosta, ma non appena faccio per voltare le spalle rimango immobile quando sento ringhiare alle mie spalle, facendomi sobbalzare all'istante.

Spalanco gli occhi e assumo una smorfia di paura quando mi ricordo all'improvviso che James è entrato nella gigantesca casa in compagnia solo di uno dei due cani.

Con la coda dell'occhio ho la conferma dei miei dubbi, gemendo per lo spavento quando mi ritrovo alle spalle una bestia nera alta quasi quanto me.

Mi giro lentamente, come se ogni mia mossa fosse determinante per non essere divorata dal cane che mi guarda con gli occhi iniettati di sangue e con la saliva ai lati della bocca.

«Ci- ciao, bello...»-inizio a balbettare, ma sussurrando così tanto che non riesco nemmeno a capire quello che dico.

«Ti posso garantire che il sapore della mia carene fa schifo. Ho pure spruzzato un chilo di profumo, quindi... »- comincio a parlare senza fermarmi, ma le mie parole si trasformano in un pianto disperato quando la bestia inizia ad abbaiare e avanzare rapidamente.

Non ci penso due volte prima di correre nella direzione opposta con le lacrime agli occhi e con il cuore in gola.

Corro senza pensare al fatto che qualcuno si possa rendere conto della mia presenza: il cane abbaia e mi fa capire di inseguirmi con l'intenzione di raggiungermi, mentre i miei piedi volano

Non sapevo di riuscire a correre così velocemente, ma nemmeno di piangere per la paura a quest'età.

Senza pensarci due volte, non appena mi trovo di fronte ad un albero abbastanza grande da poterlo salire per salvarmi la vita.

Poggio il piede sul ramo più basso per iniziare a salire prima di essere raggiunta dalla bestia feroce, riuscendo nel mio intento nell'esatto momento in cui il cane si avvicina all'albero e inizia a saltellare senza smettere di abbaiare, quindi mi affretto a stringere le braccia intorno al tronco quando mi trovo abbastanza in alto da non poter essere raggiunta.

Ma proprio quando comincio a sentirmi più sicura mi rendo conto di essere salita sull'albero più vicino all'ingresso della casa, tanto che all'improvviso il portone si spalanca e dei dipendenti vestiti di uniformi bianche escono di fretta, guardando nella nostra direzione.

Spalanco le labbra con gli occhi ancora umidi, mentre dalla casa esce una donna in carrozza, aiutata da una donna anziana alle sue spalle.

La donna dall'aspetto autorevole guarda nella mia direzione con un'espressione confusa, incrociando i miei occhi dal basso, mentre gli altri presenti iniziano a ridacchiare e cercano di allontanare il cane dall'albero.

«Cos'è successo?»-la voce di James mi fa chiudere gli occhi, mentre il mio cuore inizia a palpitare all'impazzata quando la sua figura imponente appare alla soglia del portone d'ingresso, mentre la donna in carrozza continua a fissarmi con stupore:

«Nel nostro giardino c'è una ragazza che sta abbracciando un albero.»

37~Hilary!

Dell'esatto momento in cui James si presenta allo stipite della porta in tutta la sua altezza ed espressione incazzata, prima ancora di sapere cosa ho combinato e che la pazza che si sta accoppiando con l'albero sono proprio io, chiudo gli occhi, non trovando il coraggio di guardare la sua reazione all'accorgersi che l'ho perseguitato.

Gli attimi di silenzio che seguono mi fanno rabbrividire più dello sguardo chiaro della donna vestita di nero.

Non ho focalizzato bene il suo viso per l'imbarazzo, ma dai suoi lineamenti e dai capelli quasi più lunghi dei miei, posso capire perché James tiene tanto a questa Hilary.

«Scendi da quel cazzo di albero.»-la calma nella voce del bodyguard mi fa tremare solo pensando alle conseguenze della mia azione.

Non apro gli occhi, continuando a pensare che se lo facessi, mi ucciderebbe solo il suo sguardo profondo.

Si sofferma su ogni sillaba, ma non riesco a muovermi di un millimetro per un paio di secondi, al che la voce acuta della donna si diffonde in aria:

«Riprendete a lavorare!»-la sua severità nei confronti dei servitori mi mette assai a disagio, ancor di più pensando al fatto che ho fatto irruzione in casa sua.

Alle sue parole sento dei passi farsi sempre più veloci, indice del fatto che le cameriere si sono allontanate, ma non app apro lentamente gli occhi, mi accorgo che lei è lì e non ha intenzione di andarsene, quindi continua a fissarmi curiosa.

Quando il mio sguardo finisce su James, bastano due secondi che abbasso subito gli occhi, non appena mi rendo conto di una vena gonfia che attraversa il suo collo e di cui non mi ero accorta prima d'ora.

Ritorno alla realtà e guardo verso il basso per trovare il modo in cui scendere dall'albero il più in fretta possibile, almeno per evitare di infuriarlo ancor di più.

Scendendo il più velocemente possibile mi rendo conto che anche il bodyguard fa dei passi nella mia direzione, facendomi salire il cuore in gola per l'ennesima volta.

Non capisco le sue intenzioni fino a quando non lo ritrovo di fronte a me, quasi volendo coprire il mio corpo da quello della donna seduta in carrozza.

Quando lo trovo a due millimetri dal mio viso trattengo il respiro, aspettando di avere a che fare con il lato peggiore di James, ma spalanco gli occhi quando le sue mani gigantesche si allungano nella direzione delle mie gambe per afferrare il bordo inferiore del mio vestito corto.

Arrossisco violentemente al suo gesto, non capendo le sue intenzioni, ma premo le labbra e sopporto i suoi occhi chiari quando abbassa con entrambe le mani il tessuto del vestito aderente al mio corpo, che non mi ero accorta che si fosse rialzato nel mentre scendevo dall'albero.

Lo lascio fare, mentre deglutisco sotto i suoi occhi che dicono mille cose, bestemmiando in mille modi diversi.

«Sei finita.»-la sua voce bassa e rauca mi porta a sbattere più volte le palpebre e non riesco a fare in tempo ad aprire bocca per chiedergli di perdonarmi che la donna alle sue spalle si schiarisce la voce:

«Credo di meritare una spiegazione da lei, signorina.»-non appena porto gli occhi sulla sua figura mi rendo conto che non è una donna assai giovane, o almeno sicuramente non tanto quanto James, anche se è così bella e severa in viso che può fare a gara con Yolanda Hadid.

Per un millesimo di secondo mi dimentico della presenza di James, pronta a scusarmi con lei, anche se temo che il minimo che possa fare è chiamare la polizia.

«Vi aspetto a cena.»-dice prima ancora di lasciarmi rispondere, lanciandomi una lunga occhiata priva di emozione e lasciandomi perplessa, come se fosse normale trattare da ospite una ragazza che si è infiltrata di nascosto nella propria casa.

«Mamma...»-James fa un passo nella sua direzione, quasi obiettando, mentre le mie labbra si spalancano di nuovo quando realizzo il suo richiamo.

Mamma...

Mamma!

Mamma?

Sì, ha detto proprio 'mamma'!

Porto una mano sulla fronte per passare la mano tra i capelli e impallidire all'istante.

Lei non è Hilary.

Infatti come poteva essere Hilary?

Lei è sua madre!

Quello al nostro fianco è il suo albero!

Questa è la sua casa! Tutto questo lusso che mi circonda è proprietà del mio bodyguard!

«Non voglio sentire storie.»-la madre di James urla senza pensarci due volte, quindi il bodyguard si zittisce, il che mi stupisce ancor di più.

Ho appena fatto una figura di merda di fronte alla madre di James, la quale mi ha invitato a cena dopo che sono stata aggredita dal suo cane e sono così scossa che non riesco a prendere l'iniziativa di andare nella sua direzione.

Gli occhi dell'uomo al mio fianco finiscono di nuovo su di me, incenerendomi e sospirando pesantemente contro la mia fronte, ma non gli do il tempo di sfogarsi e mi affretto a sorpassarlo per raggiungere l'ingresso a testa bassa.

A questo punto e dopo tutto quello che ho fatto, mi sento più sicura affianco a sua madre, piuttosto che stare in compagnia di James.

Non appena lo lascio alle spalle, mentre mi fa i raggi x dalla testa ai piedi ancor più incazzato, mi perdo nei pensieri, notando che la sua relazione con la madre è decisamente migliore di quella che ha con il padre e mentre mi chiedo il motivo, qualcosa mi dice che c'entri il fatto che la donna è seduta su una carrozza.

Non oserei immaginare di essere al posto del mio bodyguard: litigare con mio padre e ammirare mia madre mi fa ridere al solo pensiero.

Mio padre l'ho sempre adorato, non perché mi sia stato più vicino di mia madre o perché sia il mio migliore amico, ma forse perché ho sempre provato pietà per lui, che deve sopportare più di me quella donna.

Quando comincio a sentire i passi di James alle spalle sono già dentro la sua villa, ma i miei occhi si spalancano all'istante e non riesco a capire cosa mi faccia stupire di più tra il lampadario interamente cristallino e pendente da un ampio soffitto, che mi fa quasi diventare agorafobica, o le scale di legno che si dividono a metà per portare al primo piano come nei castelli della Disney.

Socchiudo gli occhi ripercorrendo con lo sguardo la fila di quadri lungo il muro che affianca il soggiorno, mentre mi incammino lentamente seguendo le cameriere che portano vassoi e piatti in mano.

Mi trattengo dal ridere, quasi dimenticandomi di quanto è successo poco fa, quando i miei occhi sono catturati da un ritratto tra gli altri, ma molto meno monotono, dato che ritrae un bambino offeso talmente basso che il pittore ha deciso di rappresentare solo la parte del suo viso che va dal suo ciuffo disordinato al suo naso arrossito, mentre le sopracciglia sono incurvate verso il basso.

Mi basta guardare l'espressione scocciata per capire che si tratta di James, quindi mi trattengo seriamente dallo scoppiare a ridere.

Mi riprendo all'istante quando sento bisbigliare due dipendenti che passano al mio fianco:

«Sta arrivando!»-una di loro fa un cenno all'altra alle sue spalle, al che iniziano a ridacchiare e sbirciare verso l'ingresso: alzo gli occhi al cielo quando capisco che parlano di James, anche se non riesco a trattenermi e mi schiarisco la voce prima che il bodyguard se ne accorga, quindi lancio un'occhiataccia alle cameriere per farle ritornare alla realtà.

Si allontanano velocemente bisbigliando, forse offendendomi, ma in questo momento ho altro a cui pensare, invece di riprenderle, per cui mi affretto a evitare James quando sento i suoi passi farsi sempre più vicini alle mie spalle.

«Puoi accomodarti, cara.»-sobbalzo al sentire la voce della madre del bodyguard, senza riuscire ancora a capire se è davvero così elegante e gentile con tutti o è ironica e cerca il momento di mettermi in imbarazzo e prendermi a schiaffi davanti a suo figlio.

Ingoio la saliva, evitando il suo sguardo, mentre seguo le sue indicazioni e prendo posto su una sedia affianco a lei, già sistemata e con un piatto di fronte.

Lancia un'occhiata rapida alla cameriera che poco fa stavo per prendere per i capelli, facendole capire di servirmi, mentre alzo la testa all'improvviso quando James prende posto di fronte a me, passando i suoi occhi tra me e sua madre, ma non riesco a capire se è arrabbiato o soltanto pensieroso, anche se mi preoccupa già il fatto che non dice una parola

«Fratellone!»-salto sulla sedia quando un urlo acuto si diffonde in soggiorno, ma non faccio in tempo ad accorgermi della presenza della bambina che salta su James, circondando con le sue braccia sottili il suo collo.

Trattengo di nuovo il respiro quando realizzo che il bodyguard ha anche una sorella.

Stringo la forchetta tra le dita, fissando la scena che appare davanti ai miei occhi quasi con ammirazione, mentre il sorriso di James si allarga e i suoi occhi si illuminano:

«Hilary!»

38~Non smettere

Il mio petto si alza e abbassa lentamente, mentre le mie guance arrossiscono facendomi sentire un caldo tremendo.

Non c'è nessuna Hilary... Non c'è quella Hilary che pensavo facesse impazzire d'amore il bodyguard.

Ma dovevo immaginarlo: James non potrebbe mai amare una donna come mi ha fatto credere di essere affezionato a Hilary.

Ho sempre immaginato quest'ultima come una donna sexy, decisamente bionda e rifatta, con tanto di tette e dai vestiti attillati, invece mi ritrovo davanti una bambina tenera che abbraccia un uomo stronzo e minaccioso.

I miei occhi si illuminano e inclino la testa di lato quando quando le labbra di James finiscono sulla sua fronte, mentre la sua mano gigantesca accarezza i suoi capelli, ma la scena non dura nemmeno pochi secondi che apre gli occhi all'improvviso, quasi accorgendosi della mia presenza di fronte a lui, quindi mi guarda con la coda dell'occhio e si affretta a indurire la sua espressione, senza togliere gli occhi da ... Hilary.

«Dovevi venire ieri!»-la bambina assume un'espressione offesa e tira un pugno scherzoso contro il suo braccio, ma James si limita a passare la lingua tra le labbra in un gesto veloce, per poi incrociare per un istante i miei occhi, evitando la sorella.

Capisco all'istante che vuole farmi sentire male con le sue smorfie scocciate, quindi mi affretto a portare gli occhi altrove per non sentirmi minacciata da lui, anche se le mie gambe iniziano a tremare, rendendomi conto del fatto che il peggio deve ancora arrivare.

Istintivamente le mie pozzanghere finiscono sui lunghi capelli mossi e lucidi della piccola che si allontana dal fratello per voltargli le spalle, quasi sentendosi fissata da me, quindi spalanca gli occhi quando si accorge della mia presenza, mentre le sue labbra formano una 'o' teatrale, ma non riesco nemmeno a fingere un sorriso, anche se la sua espressione è davvero divertente.

«Tu chi sei?»-chiede con una voce stridula, questa volta riuscendo a estrapolarmi un sorriso, ma non faccio in tempo ad aprire bocca che il bodyguard prende la parola.

«Nessuno!»-lo dice con così tanta rabbia che mi zittisce all'istante, per poi aggiungere subito dopo: «Mangia prima che si raffredda.»-indica il suo posto a Hilary, che non toglie gli occhi dai miei, anche se assume una smorfia di fastidio per le parole del fratello:

«Va bene.»-alza le spalle, mentre in soggiorno cala il silenzio.

Più passa il tempo più mi accorgo che non avrei dovuto fare quello che ho fatto e in questo momento sarei sotto le coperte al mio appartamento, con una tazza di cioccolata calda in una mano e i marchmellow nell'altra, magari seguendo Jemie Oliver in televisione.

Dall'altra parte invece, anche se questo silenzio è talmente imbarazzante che si sente solo il rumore dei cucchiai mentre mangiamo a testa bassa, non vorrei essere in nessun altro posto.

Come se mi sentissi... a casa, anche se James non smette di sospirare pesantemente e sua madre al mio fianco vuole farmi un interrogatorio, mentre la sorella mi fissa come se fossi un alieno sceso in terra.

«Sei una modella?»-la mia mano si ferma a mezz'aria con il cucchiaio, che riporto verso il basso sentire la domanda della donna al mio fianco.

Di sottecchi mi accorgo che anche il bodyguard ha smesso di mangiare, serrando la mascella e ancor più incazzato di prima, ma non si azzarda a opporsi a sua madre, quindi ne approfitto per rispondere.

Non so perché, ma se all'inizio mi venne spontaneo dirle di sì, quando incrocio gli occhi della donna non riesco a mentirle, quindi scuoto la testa lentamente:

«Sono una cuoca.»-rispondo con una voce troppo addolcita, ma le mie parole sembrano sorprendere così tanto il bodyguard che, guardandolo sempre con la coda dell'occhio, mi accorgo che alza la testa di scatto, mentre sua madre piega un angolo delle bocca verso l'alto, alzando le mani a mezz'aria:

«Allora devi venire più spesso.»-increspa le labbra, indicando i piatti di fronte a noi, per poi bisbigliare a testa bassa: «Fa tutto schifo.»-dice, riprendendo a mangiare in silenzio con una smorfia seria.

'Ho mangiato cose peggiori'-vorrei risponderle, ricordando le lumache e il pipistrello che Edward ha ordinato al posto mio.

Dopo aver sciolto il ghiaccio, la madre del bodyguard inizia a farmi domande a modo suo, con eleganza e senza farmi sentire in imbarazzo, a differenza di James che è sul punto di scoppiare.

«Il suo fidanzato deve essere fiero di te.»-commenta dopo che le racconto per filo e per segno il mio ottimo rendimento scolastico.

Alle sue parole James ai alza senza pensarci due volte, per poi voltare le spalle a tutti senza degnarmi di un'occhiata, quindi si allontana a passo lento, mettendo in mostra le sue spalle larghe quando comincia ad allontanarsi verso le scale.

«Non sono fidanzata.»-sussurro senza togliere gli occhi dalle spalle del bodyguard, per la prima volta vedendolo camminare nella casa in cui è cresciuto, anche se è fortemente incazzato con me e la mia presenza qui non gli faccia piacere.

«Ehm... la ringrazio della cena, ma...»-inizio a balbettare, non sapendo nemmeno come ritornare a casa a quest'ora, ma la donna mi interrompe:

«Prima stanza al primo piano, corridoio di destra...»-dice con calma, guardandomi dal basso quando mi alzo, ma quando assumo un'espressione confusa, aggiunge con ovvietà:

«La camera degli ospiti.»-mi fa capire, mentre i miei occhi si spalancano e mi affretto a rifiutare:

«No...»-non faccio in tempo a dire che la bambina si schiarisce la voce in modo esagerato per attirare la mia attenzione e farmi capire che farei meglio a starmi zitta, e la capisco quando la madre alza la testa di nuovo di scatto, quasi arrabbiata del mio rifiuto.

«Vado!»-mi affretto a correggermi, facendo ridere sotto i baffi Hilary, quindi prendo un forte respiro e inizio a incamminarmi verso il primo piano con le gambe tremanti.

Ha detto prima o ultima stanza?

Se per un momento ho persino pensato di evitare di affrontare il bodyguard ora capisco di non poterne fare a meno, e il solo pensiero di assistere a una scenata da parte sua mi fa venire la nausea.

Avevo pianificato di ritornare a casa con il primo taxi che sarei riuscita a fermare, anche se a quest'ora camminare per le vie di questo quartiere non è opportuno, ma soprattutto non ho nemmeno un soldo in tasca e non saprei come pagare il taxi.

Se solo James mi becca posso considerarmi una donna morta, quindi non appena finisco di salire le scale mi alzo letteralmente in punta di piedi e inizio a percorrere il lungo corridoio per arrivare all'ultima stanza.

Mi sento una persona orrenda e non capisco cosa mi stia succedendo, ma non riesco nemmeno a sentirmi in colpa nei confronti di Edward.

Stamattina ha chiaramente provato a baciarmi, anche se poi siamo stati interrotti da James, ma ogni volta che penso al momento esatto in cui il mio capo stava per incollare le sue labbra alle mie non riesco a finire di immaginare la scena.

Come se non fosse giusto, quando in realtà è stato il bacio di James che non doveva esserci.

Mentre all'improvviso i ricordi di stamattina mi distraggono, ritorno alla realtà è spalanco gli occhi quando sento due mani giganti poggiarsi ai lati dei miei fianchi alle mie spalle, per poi spingermi verso una delle porte più vicine rapidamente, tanto che mi accorgo di quello che è appena successo solo quando mi ritrovo in una camera da letto sola con James, che si affretta a chiudere la porta alle nostre spalle.

Non appena faccio per fare un passo indietro quando mi accorgo che ha la mascella serrata, si affretta ad allungare un braccio per circondare il mio gomito, per poi spingermi verso la porta, così che dopo due secondi mi ritrovo con le spalle contro il legno freddo e la faccia del bodyguard a due centimetri di distanza, mentre mi guarda dall'alto con così tanto odio che le mie gambe sembrano all'improvviso essere di gelatina.

Cerco di scappare e sorpassarlo, ma non mi dà il tempo di muovere un muscolo che poggia una mano sulla mia pancia, spingendo leggermente contro la mia pelle, mentre l'altra va a finire vicino al mio collo, con il palmo poggiato sul legno mentre il pollice preme contro la mia spalla.

Un gemito scappa dalle mie labbra, facendomi pentire subito dopo di essermi lasciata andare al suo gesto, ma sembra che James non ci abbia nemmeno fatto caso, mentre continua a sospirare sulla mia fronte come un toro:

«A che gioco stai giocando?»-alza il mento in modo prepotente, mentre le sue parole mi colpiscono più di qualsiasi cosa avesse detto, quindi corrugo la fronte confusa, continuando comunque a lasciarlo parlare per non innervosirlo ancor di più, ma il mio silenzio sembra fargli l'effetto opposto, tanto che sbatte il palmo della mano contro la porta vicino alla mia testa, mentre le dita dell'altra mano affondano nella mia pancia.

Salto sul posto e spalanco gli occhi al suo gesto, non riuscendo a trattenermi:

«Ja- James!»-la mia voce tremante viene fuori in un sussurro, mentre lo guardo dal basso con timore, come se mi trovassi di fronte a uno sconosciuto.

«Puoi prenderti gioco di quel coglione!»-riprende a urlare, mentre mi faccio piccola sotto di lui:« Puoi farti fottere da Edward per i suoi soldi...»-riprende a dire, tirando su con il naso, per poi concludere in un sussurro:

«... ma non azzardarti a fare lo stesso con me.»-preme le labbra in una linea dura e alza un sopracciglio, mentre cerco di respirare normalmente e di trattenere le lacrime per non mostrarmi debole di fronte a questo stronzo.

È questa l'idea che si è fatto di me.

Per lui sono solo una puttana opportunista che pensa solo ai soldi dell'amico.

E pensa che ho fatto tutto questo perché voglio fare il doppio gioco anche con lui.

Solo ora mi chiedo veramente perché l'ho seguito. Perché sono stata così stupida da venire fino a qui per sentirmi umiliare in questo modo.

«Non guardarmi così, cazzo!»-esclama di nuovo con un'espressione seria e infuriata, quasi schifato della mia presenza, ma nella mia mente iniziano ad assillarmi domande a cui non riesco a dare una risposta.

Chi è l'uomo che mi ritrovo di fronte?

Perché volevo così tanto sapere se andava dalla sua donna amata o meno?

Continuo a fissarlo delusa, sprofondando nel chiaro dei suoi occhi, come se mi potesse aiutare a trovare una risposta ai miei dubbi.

«Può darsi che Edward si sia innamorato di te...»-dice quasi schifato, reggendo il mio sguardo perso, ma le sue parole non mi fanno né caldo né freddo, come se in questo momento non mi importasse sapere cosa prova il mio capo nei miei confronti, quindi porto gli occhi sulle sue labbra rosse e carnose mentre continua a trattarmi da puttana:

«Ma io non...»-riprende con lo stesso tono minaccioso, ma non lo lascio finire che mi alzo in punta di piedi per raggiungere l'altezza delle sue labbra spietate e spingere la mia bocca contro la sua per zittirlo.

Ma non solo per zittirlo.

Non ho mai desiderato così tanto baciare un uomo...

Solo ora capisco di aver avuto sete del suo sapore ormai famigliare, come se mi fosse mancata l'aria nelle ultime ventiquattro ore e solo ora ritornassi a respirare, risucchiando il suo profumo mentre le sue labbra si muovono contro le mie con foga.

Se in un primo momento è stupito dal mio gesto, proprio mentre faccio per allontanarmi e affrettarmi a nascondere il viso tra le mani, mi anticipa alzando una mano verso il mio volto, per poi portarla tra la mia testa e la porta alle mie spalle, infiltrando le dita tra i miei capelli e spingendo la mia testa verso la suo, mentre dalle sue narici scappa un sospiro quasi di sollievo.

Il mio mento aderisce perfettamente al suo mentre sorrido lievemente quando la barba del mio bodyguard inizia a pungere delicatamente la mia pelle.

Sembra aver completamente dimenticato le sue minacce mentre umidifica la mia bocca con la punta della lingua, senza nemmeno chiedermi l'accesso per entrare in me prepotentemente e intrecciare la sua lingua alla mia.

È una sensazione così paradisiaca che non riesco a riempire i polmoni d'aria, mentre porto istintivamente entrambe le mani sul suo addome rigido e voluminoso nell'esatto momento in cui stringe in un pugno il tessuto della mia maglia sulla mia pancia.

Non ancora riesco a saziarmi di lui che già si allontana per prendere fiato, mentre il suo respiro affannoso muove il suo petto su e giù, schiacciandomi ancor di più tra il suo corpo possente e la porta.

Sento le guance andare in fiamme quando cerca il mio sguardo, ma i miei occhi sono ancora fissi sulle sue labbra rossissime, come se ora fossero mie e di nessun'altra donna.

Avvampo quando si accorge del mio smarrimento e alza un angolo della bocca verso l'alto, tra il pervertito e intenerito dal modo in cui pendo letteralmente dalle sue labbra.

«Dov'è... »-abbasso gli occhi e inizio a sussurrare contro il suo collo, schiariendomi la voce: « Dov'è la camera degli ospiti?»-alzo per una frazione di secondo gli occhi, per poi abbassare di nuovo la testa.

«Stai zitta.»-avvampo quando incrocio i suoi occhi alle sue parole, ma è così malizioso che non riesco a reggere il suo sguardo, quindi mi affretto ad abbassare la vista sul suo petto, anche se subito dopo porta una mano all'altezza del mio mento per costringermi ad alzare la testa e perdermi nelle sue pozzanghere chiare.

Le mie mani iniziano a tremare e non riesco a muovere un muscolo per il suo atteggiamento, mentre sposta l'altra mano dal mio grembo per avvolgere le dita gigantesche intorno al mio gomito e trascinarmi verso il suo corpo.

Mi sento così piccola e debole di fronte alla sua sensualità che mi lascio andare ai suoi movimenti, quasi spaventata dall'uomo che si trova davanti a me, ma allo stesso tempo desiderosa di sentirmi sua e di essere riempita delle sue attenzioni.

Sento un vuoto allo stomaco pensando al fatto che non sono la prima a conoscere questo lato del bodyguard, ma James sembra leggermi nel pensiero e si abbassa di nuovo alla mia altezza per impedirmi di distrarmi.

Faccio un passo indietro prima che possa raggiungere le mie labbra di nuovo e soffocarmi con il suo profumo, ma solo per avvicinarmi al letto alle nostre spalle, anche se James sembra fraintendere e per un attimo rimane pietrificato sul posto, confuso dal mio atteggiamento e pensando che mi sia allontanata da lui per interromperlo.

«Non smettere di... »-mi accorgo di aver parlato solo dopo che le parole escono dalla mia bocca sussurrate.

Allungo una mano tremante nella sua direzione per afferrare il lembo della sua maglia e attirarlo verso di me, al che si rilassa visibilmente, mentre la sua espressione cambia da seria a quasi divertita.

Alza un angolo della bocca, senza avvicinarsi, ma affrettandosi a poggiare una mano al mio fianco per costringermi a sbattere il mio petto fragile al suo prima che me ne possa rendere conto.

Scivola la mano dal mio fianco alla mia schiena per stringermi ancor di più verso di lui, mentre mi pento all'istante di aver fiatato.

Ingoio la saliva sotto il suo mento e cerco di sopportare il suo sguardo malizioso:

«Che cosa, Hannah?»-passa gli occhi sulle mie labbra, mentre il suo petto vibra contro il mio.

Mi viene la pelle d'oca nel sentire la sua voce roca e provocatoria, mentre cerco di soffocare un gemito portando il labbro inferiore tra i denti.

James continua a fissare la mia bocca come se fosse ipnotizzato, mentre le mie guance continuano a bruciare:

«Che cosa vuoi che ti faccia?»-insiste con lo stesso tono, questa volta avvicinando la testa al mio orecchio lentamente.

Il mio respiro si accorcia sempre di più mentre inizia a odorare i miei capelli, accarezzando la mia testa con la punta del naso, mentre la sua mano sulla mia schiena scende sempre più in basso...

Non riesco a fare a meno di gemere per liberare il forte desiderio che si accende in me, ma la mia voce sembra incoraggiare il bodyguard che poggia le labbra sul mio collo, mentre la sua barba graffia la mia pelle delicata.

39~Sei così bella, Hannah!

Stringo le dita tra i suoi capelli come ho voluto fare dal primo giorno che l'ho visto, mentre dilata le labbra intorno alla mia clavicola per umidificare la mia pelle.

Il mio corpo sembra obbedire a ogni suo movimento senza che me ne renda conto: quando accarezza con la punta della lingua la mia pelle alzo la spalla istintivamente per spingerla contro le sue labbra.

Il mio gesto lo spinge ad abbassare sempre di più la mano che si trova ancora poggiata alla mia schiena e con la quale mi tiene stretta tra le sue braccia: arrossisco violentemente quando le sue dita finiscono sul mio fondoschiena, mentre il mio bacino si scontra con la sua intimità.

Spalanco gli occhi quando mi sento sollevare dal pavimento dal suo braccio che sostituisce la mano alla base della mia schiena, quindi mi affretto a divaricare le gambe per incrociarle intorno al suo bacino.

È così alto nei miei confronti che mi sembra di essere in cima ad una torre, guardando per la prima volta James dall'alto mentre continua a salire con i baci umidi sul mio collo, per poi arrivare al lobo del mio orecchio e sussurrare con una voce roca e calda che si scontra con la mia pelle:

«Sei così bella, Hannah...»-un forte desiderio si accende in me quando il suo petto inizia a fare su e giù, scontrandosi con il mio, mentre cerca i miei occhi, alzando il mento in alto per incitarmi a guardarlo.

«Grazie.»-mi limito a sussurrare con una voce tremante, non sapendo cosa dire o cosa si aspetta che io dica.

Non mi sono mai trovata ad avere a che fare con un uomo così bello e sexy e non so cosa significhi essere seducente, ma il modo in cui James mi accarezza mi fa stare a mio agio, come se tutto questo non fosse sbagliato.

Mi sembra di conoscerlo da anni.

Mi sembra di conoscere le sue carezze da anni, come se il suo modo di toccarmi e baciarmi mi fosse famigliare e come se James fosse il mio uomo.

Lo accontento solo dopo un paio di secondi, distratta dalla sua mano che lascia il mio fondoschiena per sfiorare la pelle chiara delle mie gambe, ormai quasi nude per il vestito che si è alzato troppo quando mi sono incollata al suo corpo rigido.

Quando incrocio i suoi occhi ingoio la saliva imbarazzata, ma la mia espressione sembra renderlo assai soddisfatto, mentre comincia a incamminarsi verso il letto sotto il mio peso: non riesco a staccare gli occhi dalle sue pozzanghere mentre riprende a provocarmi, rendendomi conto per la prima volta che non sono del tutto verdi, ma circondate da un azzurro chiaro che mi fa impazzire:

«Dimmi che mi vuoi...»-alza di nuovo il mento, questa volta con un'espressione quasi intenerita dal mio stato: le mie guance saranno rossissime e immagino già le mie labbra gonfie per quanto le ho torturate con i denti.

Il mio aspetto non sarà dei migliori, con i capelli già disordinati per colpa sua che non fa altro che torturarli con la mano libera, ma mi guarda così

intensamente che mi sembra di essere la donna più bella che James abbia
mai visto.

Lo voglio?

Non riesco nemmeno a fare in tempo a rispondermi che le sue labbra
finiscono sulle mie in un delicato bacio a stampo, ma la sua bocca
continua a sfiorare la mia mentre riprende a provocarmi:

«Edward ti ha fatto provare questo?»-succhia delicatamente le mie labbra
di nuovo, mentre i miei polmoni non riescono a riempirsi d'aria, dando
una risposta silenziosa alla sua domanda.

Quando le mie gambe iniziano crollare per il forte impulso che parte dal
mio basso ventre, porto entrambe le mani ai lati del suo collo e a contatto
con i muscoli delle spalle di James, che emanano calore al mio tocco
delicato.

«Non mi sono mai lasciata baciare da Edward.»-lo rassicuro con un filo di
voce, cercando di studiare la sua espressione perplessa, ma non mi dà il
tempo di sorridere che inclina il busto in avanti per poggiare il mio corpo
sul letto e posizionarsi tra le mie gambe.

Senza ribattere o fare domande poggia una mano sul cuscino affianco alla
mia testa, mentre la sua smorfia pensierosa mi fa capire che sta
riflettendo sulle mie parole, mentre con l'altra mano afferra l'orlo del mio
vestito, facendomi capire di sollevare la schiena per aiutarlo a privarmi del
tessuto davanti ai suoi occhi.

Lo lascio far salire l'abito mentre scopre ogni centimetro del mio corpo
lentamente, per poi gettare l'indumento in mezzo alla stanza quasi con
rabbia:

«Le mie felpe ti stanno meglio.»-ribadisce con un tono duro, incrociando per un millesimo di secondo i miei occhi, mentre reggo il mio busto sollevato a fatica, con una mano dietro il suo collo, per poi iniziare a fissare il mio corpo seminudo a partire dalle mie labbra e fino alla mia intimità.

Mi sento così nuda che inizio persino a sentire freddo, ma sotto gli occhi del bodyguard mi sento quasi bella, dimenticandomi dei miei fianchi alla Kardashian:

«Ora siamo pari.»-trovo il coraggio di dire per rompere il silenzio, ricordando il primo giorno in cui ho incontrato James e i miei occhi sono finiti sul suo corpo completamente nudo, ma sembra non badare alle mie parole mentre continua a studiare ogni centimetro della mia pelle, come se stesse cercando di memorizzare ogni particolare.

«Quasi...»-dice in un sussurro malizioso, mentre riporta gli occhi chiari nei miei e decide di lasciarmi senza fiato, spingendo le labbra con le mie e costringendomi ad andare indietro con la testa per poggiarla sul cuscino di nuovo, questa volta con il suo corpo sul mio, mentre le sue dita iniziano a giocherellare con l'orlo delle mie mutande.

Fletto le gambe quando abbassa il mio intimo lentamente, ma invece di lasciarlo fare, mi affretto a poggiare le mani sul suo petto, parlando tra le sue labbra:

«Ja-james!»-balbetto con il respiro affannoso per interromperlo, ma si stacca dalla mia bocca solo dopo aver lasciato sulle mie labbra un altro bacio a stampo.

«Aspetta...»-cerco di richiamare di nuovo la sua attenzione quando fa per spostare l'attenzione sul mio collo:

«Lo so che sei vergine.»-dice con un tono rilassato, ma allo stesso tempo distratto e ipnotizzato dal mio corpo sotto il suo.

Spalanco gli occhi, leggermente offesa dalla convinzione con cui lo dice:

«Non sono vergine!»-ribatto all'istante, riuscendo finalmente ad attirare la sua attenzione, infatti alza la testa all'improvviso, sorpreso dalla mia e esclamazione, tanto che mi pento quasi di averglielo detto, dato che assume un'espressione quasi delusa dalla mia rivelazione, anche se dopo un paio di secondi la sua smorfia si trasforma in un sorriso sforzato:

«Era ubriaco?»-scoppia a ridere sonoramente sa due centimetri dal mio volto, ma cerco di non farmi distrarre dal suono della sua risata che echeggia le stanza e mi limito a lanciargli uno scherzoso schiaffo sul bicipite:

«Stronzo!»-esclamo realmente offesa, ma allo stesso tempo rilassata, dato che quando ha alzato la testa all'improvviso, ho persino pensato che potesse arrabbiarsi.

Non mi dà nemmeno il tempo di mettere il broncio che lascia di nuovo un bacio delicato sulle mie labbra, per poi permettermi di prendere fiato:

«Hai paura?»-chiede con una tale naturalezza e pena che decido di non rispondere alla sua domanda, quindi prende di nuovo la parola mentre la sua mano riprendere a spogliarmi:

«Non ti farei mai del male.»-la sua voce roca è talmente confortevole che i miei muscoli si rilassano al suo tocco.

Seguo ogni suo gesto con attenzione quando si sdraia al mio fianco per privarsi dei pantaloni e iniziare a frugare nel primo cassetto del comodino affianco al letto, lanciando ogni tanto un'occhiata verso di me, quasi per assicurarsi che sono ancora qui.

Non smetto di fissarlo nemmeno un istante, ridotta in uno stato pietoso ma sentendomi a mio agio come se non fosse la prima volta che lo vedo nudo al mio fianco in uno stesso letto.

Il suo profilo è così scolpito che più lo guardo più mi sembra perfetto, ma non mi dà molto tempo per ammirarlo che si posiziona seduto sul letto per sfilarsi freneticamente la maglia dalla testa, scompigliandosi ancor di più i capelli color carbone e mettendo in risalto le spalle muscolose e larghe mentre si solleva in piedi e si volta dalla mia parte per privarsi dei pantaloni.

Le mie labbra formano una 'o' e arrossisco di nuovo davanti ai suoi occhi attenti, mentre porta le mani alla cintura.

Rimango immobile, ma mi affretto a spostare gli occhi verso il soffitto, anche se di sottecchi mi accorgo che alza un angolo della bocca divertito, continuando a guardarmi mentre si spoglia lentamente:

«Era sicuramente ubriaco.»-la risata di James mi fa cambiare radicalmente espressione e mi costringe ad alzare gli occhi al cielo, ma non ribatto e godo in silenzio il suono della sua risata, aspettando solo che riprenda a baciarmi senza parlare o offendermi come sta facendo, ma a quanto pare torturarmi fa parte dei suoi piani stasera:

«Vuoi farlo tu?»-porto gli occhi di scatto nella sua direzione quando la sua voce roca rimbomba nelle mie orecchie, ma quando mi rendo davvero conto della sua proposta il mio respiro si blocca e rimango impalata a guardarlo sdraiata e con le mie mutandine di un grigio banale leggermente abbassate a opera sua.

Socchiudo gli occhi quando mi accorgo che è serio: alza un sopracciglio quasi in senso di sfida, ma la sua espressione rimane sempre piena di tenerezza, come se avesse di fronte a lui una bambina insicura, il che mi fa così tanta rabbia che dalle mie labbra scappa un 'Sì' tremante.

Si trattiene dal sorridere portando un lembo del labbro inferiore tra i denti, guardandomi dall'alto incuriosito.

Mi alzo lentamente e indecisa dal letto, comunque cercando di sostenere il suo sguardo indecifrabile.

Non so cosa mi prende in questo momento, ma se da un lato mi sento sporca e inesperta, dall'altro sono elettrizzata all'idea di poterlo far godere.

Mi avvicino al suo corpo, mentre mi sovrasta in tutta la sua altezza, ma cerco di non soffermarmi sul suo petto nudo, anche se mi è difficile dato che emana un profumo che mi porta a chiudere gli occhi e prendere un forte respiro, mentre allungo le mani tremanti verso i suoi jeans, senza trovare il coraggio di alzare la testa, ma ancora una volta sembra leggermi nel pensiero e prende delicatamente tra il pollice e l'indice il mio mento, costringendomi a sollevare il mento:

«Voglio guardarti.»-dice con così tanta malizia che faccio fatica a reggere i suoi occhi, mentre i miei ormoni riprendono a controllare le mie azioni.

Non appena le mie dita finiscono sui suoi jeans libera un leggero gemito dalle labbra gonfie, talmente roco e sussurrato che sobbalzo e ritiro subito la mano, senza riuscire a trattenermi:

«Scusa!»-esclamo, come se gli avessi fatto del male, per poi accorgermi di quanto sono stata stupida, mentre al bodyguard scappa una risatina, ma non mi dà il tempo di tirargli un pugno sul braccio che mi costringe ad allontanare le mani dal viso per afferrare la mia testa tra le sue dita gigantesche e riprendere a baciarmi con foga, per poi staccarsi per osservare la mia espressione:

«Mi piace metterti in imbarazzo, ragazzina.»-riprende di nuovo a soffocarmi, mentre quel nomignolo mi incoraggia ad accontentarlo, portando di nuovo le mani alla sua cintura con più sicurezza, aiutandolo ad abbassarsi i pantaloni mentre cerca più volte di trattenere i gemiti contro le mie labbra pur di non farmi smettere.

Spinge contro la mia bocca mentre lascia cadere i suoi indumenti per terra e si copre la sua intimità con il profilattico, costringendomi a fare due passi indietro e perdere l'equilibrio per finire di nuovo sul letto morbido con il suo corpo sul mio, questa volta nudo e caldo.

Le mie narici si riempiono dell'odore della sua pelle mentre le mie mani accarezzano ogni punto della sua schiena.

Inclino la testa per dare più spazio alla sua bocca all'incavo del mio collo, mentre i suoi capelli scuri si spargono sulla mia spalla.

Con una mano libera si aggiusta tra le mie gambe di nuovo, questa volta senza pensarci due volte prima di afferrare tra le dita il mio intimo e abbassarlo fino alla metà delle mie cosce.

Gemo senza trattenere il suono pieno di desiderio, mentre James ringhia contro la mia pelle compiaciuto e impaziente allo stesso tempo, ma mi rendo conto di che cosa sia il sesso solo quando senta la sua intimità preme contro il mio clitoride, spingendo lentamente in me, come se avesse davvero paura di farmi del male, ma ad ogni movimento millimetrico dentro di me non fa altro che accendere in me un desiderio sempre più grande, tanto che affondo la testa nel cuscino gettandola indietro quando lo sento appropriarsi completamente di me, rendendomi sua prepotentemente.

La pressione della sua intimità che pulsa dentro la mia mi porta ad inarcare la schiena, scontrando il suo petto contro il mio, coperto dal tessuto del reggiseno.

Non appena fa per uscire, quasi per oppormi seguo il movimento del suo bacino, facendo uscire dalle sua bocca un gemito strozzato:

«Cazzo, Hannah!»-impugna tra le dita dell'altra mano i miei capelli, stringendoli leggermente per mandare la mia testa indietro e trascinare sul mio petto i suoi baci, che in questo momento sembrano scottare per quanto sono caldi.

Lo lascio impossessarsi di me delicatamente, mentre le sue labbra giocano freneticamente con la mia pelle, addentandola e accarezzandola con la punta della lingua in un modo che solo lui sa fare.

Non sapevo che si potessero provare emozioni così forti, ma non pensavo nemmeno che avrei permesso al mio bodyguard di trattare il mio corpo in questo modo, di farmi sua come se mi avesse garantito di passare il resto della vita con me, quando in realtà domani potrà correre tra le braccia di un'altra donna e fingere che non ci conosciamo nemmeno.

Pur sapendo com'è fatto lo lascio entrare in me e contrarre i muscoli contro la mia pelle, mentre i nostri corpi scambiano calore avvinghiati e i suoi gemiti echeggiano nella mia testa, come se non avessi mai sentito nulla di più bello in vita mia.

Smette di accarezzare i miei capelli e si allontana da me senza che me ne renda conto, lasciandomi una sensazione di vuoto dopo che mi sono liberata del desiderio che continuava a torturare il mio basso ventre.

«Brava, piccola...»-sussurra, incrociando i miei occhi non appena le sue labbra lasciano il mio collo, ma non trovo il coraggio di dire nulla e mi limito ad arrossire quando mi sorprende con un bacio tenero sulla fronte, per poi sdraiarsi al mio fianco portando entrambi le mani sotto la testa e iniziare a fissare il soffitto con il respiro ancora affannoso.

Non appena ritorno alla realtà dal mio stato di trance, approfitto della sua distrazione per afferrare la coperta e coprire il mio corpo, ma senza nemmeno guardarmi, ribatte:

«Non ti azzardare.»-sobbalzo al suo tono autoritario, ma quando giro la testa dalla sua parte mi rilasso nel guardarlo sorridere.

Appoggio di nuovo la testa sul cuscino, questa volta sdraiandomi di lato per iniziare a fissare di nuovo il suo profilo, a partire dalle sue ciocche disordinate, per poi scendere lungo il suo mento, il suo collo...

Quando il mio sguardo finisce sul suo petto i miei occhi vengono catturati da una piccola cicatrice nascosta da un tatuaggio, quindi senza pensarci due volte allungo una mano nella sua direzione per tracciare il contorno della ferita.

Sospira, quasi sorpreso dal mio tocco, ma decido di non rompere il silenzio per chiedergli come se lo è procurato.

«Stavamo andando al mare...»-alzo la testa di scatto quando si muove sotto il mio tocco, sdraiandosi di lato e abbassandosi alla mia altezza per portare le labbra a due millimetri dalle mie in un gesto veloce, ma cerco di trattenere lo stupore e lo lascio parlare, cercando di concentrarmi sulle sue parole.

«... io avevo appena preso la patente.»-continua a sussurrare contro le mie labbra, senza distogliere gli occhi dai miei, ma la sua espressione seria mi fa corrugare la fronte, anche se continuo ad accarezzare la sua cicatrice.

«Volevo portare mia madre al mare al tutti i costi, ed ero riuscito a convincere anche mio padre.»

Trattengo il respiro quando mi rendo conto che si sta davvero aprendo, facendomi conoscere un lato di lui che forse avrei dovuto conoscere prima di ritrovarlo nudo al mio fianco.

«Abbiamo cominciato a litigare.»-il colore dei suoi occhi diventa all'improvviso più scuro, facendomi rabbrividire mentre continua a sospirare sulle mie labbra:«Mio padre ha iniziato a offendermi...»-ingoio il groppo alla gola con difficoltà, senza comunque interromperlo, ma mi sorprende per l'ennesima volta quando il suo braccio circonda le mie spalle per stringere il mio petto contro il suo, pur continuando a mantenere il contatto visivo con i miei occhi:

«Ha sempre voluto che diventassi un imprenditore come lui.»-sorride con amarezza, mentre la sua voce diventa sempre più roca, facendomi provare quasi pietà per James, tanto che comincio a odiare suo padre senza nemmeno conoscerlo per davvero.

«Ho smesso di controllare il volante...»- chiudo gli occhi alle sue parole, assumendo una smorfia di dispiacere quando capisco il motivo per cui sua madre è seduta su una sedia a rotelle.

Sprofondo la testa nel suo petto, avvicinandomi all'incavo del suo collo, come se il mio gesto potesse bastare per cancellare il suo passato.

«Appena ha saputo che mia madre non poteva camminare...»-sfiora i miei capelli con le labbra, mentre la sua presa alla mia schiena diventa sempre più forte: « ... ha chiesto il divorzio.»-separo leggermente le labbra contro la sua pelle, stupita dell'atteggiamento di suo padre e capendo finalmente tutto del bodyguard, il perché del suo atteggiamento orgoglioso e del suo odio nei confronti di quell'uomo.

«E si è sposato una puttana... della tua età.»-conclude con un tono neutrale, facendomi capire perché ha finto che fossi la sua fidanzata quando suo padre è venuto a farci visita al nostro appartamento.

«Ed è per questo che odi il mare.»-rifletto ad alta voce, ancora immersa nel suo profumo, ma assai distratta dalla storia che James ha deciso di raccontarmi di punto in bianco, mentre chiudo gli occhi quando lascia un bacio delicato tra i miei capelli.

40~Voglio baciarlo di nuovo

In colpa.

Ecco come mi sento mentre i miei tacchi colpiscono le mattonelle del corridoio che porta dritto all'ufficio di Edward.

È stato così gentile dal primo giorno che ci siamo conosciuti alla festa organizzata dal padre, anche se non sapeva che ero semplicemente una sua dipendente.

Mi ha fatta sentire importante dal primo momento in cui ha afferrato la mia mano delicatamente e ci ha lasciato un bacio sul dorso da vero gentiluomo, per poi scambiarmi addirittura per una delle modelle della MaxForer.

Ho convinto me stessa di essermi innamorata di lui, tanto da fingere davvero di essere una modella e iniziare a lavorare per Edward, per poi ritrovarmi a New York e con milioni di seguaci sui social.

Mi tiro uno schiaffo mentalmente pensando a come ci messo in mezzo anche lo zio, che è stato più che entusiasta all'idea che il figlio si sarebbe fidanzato con la figlia di un suo vecchio amico.

Edward...

Mi fa venire i brividi solo guardarlo da lontano, seduto dietro la sua scrivania e concentrato sul suo lavoro, mentre sento un peso sullo stomaco che mi fa indietreggiare di due passi lentamente, fino a quando non mi accorgo di sbattere con qualcuno alle spalle.

Assumo un'espressione dispiaciuta e pronta a chiedere scusa, ma non ho il tempo di farlo:

«Ieri sera non ti ho accontentata abbastanza?»-alzo gli occhi al cielo quando la sua voce roca si ripete nella mia testa, ma evito di ribattere quando mi accorgo che anche lui ha un'espressione seria, spostando gli occhi tra me e il suo amico a una decina di metri di distanza.

Mi ero dimenticato di averlo alle spalle, anche se ero sicura che continuasse a guardarmi con disapprovo dalla testa ai piedi da quando siamo usciti dalla sua villa, ringhiando più volte per farmi capire che questo vestito è troppo corto.

Il mio cuore inizia a battere all'impazzata mentre cerco di pensare alla situazione in cui mi trovo: quando mi sono svegliata sul letto di James, ovviamente lui non era al mio fianco.

Conoscendolo non mi aspettavo di svegliarmi tra le sue braccia, con la sua mano intorno al mio bacino e i suoi sospiri tra i miei capelli, ma mi sono sentita quasi abbandonata, come se quello che era successo la sera prima lo avesse fatto solo per divertirsi e passare il tempo.

Mi ha raccontato un pezzo importante della sua vita, è vero, ma ora ha ripreso a comportarsi come il solito menefreghista orgoglioso, come se mi avesse solo usata.

Come se fossi diventata per una notte il suo giocattolo... il che non solo mi dà fastidio, ma mi terrorizza, dato che ora mi sembra di avere di nuovo al mio fianco un uomo estraneo.

Ingoio la saliva quando James mi sorpassa per avvicinarsi a Edward, quindi cerco di imitarlo con le mani che iniziano a sudare all'improvviso.

Infondo è colpa mia: non ho saputo resistere a James, e solo l'idea di pendere dalle sue labbra sempre di più mi fa salire l'ansia.

Non sono riuscita a controllarmi o pensare di smettere nemmeno per un secondo, lasciandolo esplorare il mio corpo come molto probabilmente ha fatto che innumerevoli altre donne.

Mentre Edward non mi ha mai deluso...

Con lui ho un futuro pieno di certezze, so che avrei al mio fianco l'uomo più onesto, il quale cercherà di rendermi felice ogni istante vissuto insieme.

James, invece, continuo a volerlo e desiderarlo in silenzio, ma senza mai riuscire a capire chi è veramente o cosa prova per me.

Se prova qualcosa per me...

Prendo un forte respiro e fingo un sorriso a trentadue denti quando Edward si accorge della mia presenza e del suo amico che si siede di fronte a lui, davanti alla scrivania.

Senza degnarlo di un saluto James accende il telefono e inizia a digitare qualcosa sullo schermo, mentre Edward si alza dalla sedia e si incammina nella mia direzione con un'espressione divertita:

«Pensavo vi foste uccisi a vicenda.»-trattiene visibilmente una risata, mentre si avvicina al mio viso per sorprendermi con un bacio sulla guancia, al che arrossisco, ma non più per l'imbarazzo, quanto per il ricordo di essere andata a letto con l'uomo seduto alle sue spalle proprio dodici ore fa.

Con la coda dell'occhio cerco di catturare la reazione del bodyguard al bacio che il mio capo mi dà, come se fosse la cosa che più mi importa in questo momento, ma rimango delusa quando continua a essere del tutto disinteressato alla mia conversazione con Edward e dandomi conferma del fatto che quello di ieri sera è stato per lui un passatempo.

«Ho una bella notizia per te.»-sussurra vicino al mio viso per sottolineare che la sua è davvero una notizia importante, ma stranamente la sua vicinanza non mi mette a disagio, quindi alzo il mento per incitarlo a raccontare:

«Non te la voglio dire.»-rimango perplessa di fronte alle sue parole, non capendo cosa gli prende, ma non appena faccio per chiedergli cosa sia successo, mi interrompe, assumendo un'espressione soddisfatta e poggiando entrambe le mani sulle mie spalle:

«Ti racconto tutto se esci con me.»-rimango spiazzata davanti alla sua proposta.

Non è la prima volta che mi chiede di cenare con lui, ma ora il suo invito mi risulta così inappropriato e non fa altro che farmi sentire peggio di quanto non mi senta già.

James alle sue spalle alza la testa di scatto, guardandomi dritto negli occhi con una smorfia confusa in viso.

Mi fissa come se volesse studiare la mia espressione, ma in questo momento vorrei accettare di uscire con Edward anche solo per vendicarmi del fatto che finora ha fatto lo stronzo e sembrava più interessato al telefono che a me.

La parte più seria di me mi consiglia di smettere di fare questo gioco folle e raccontare in questo istante la verità a Edward, compreso il fatto che sono solo una cuoca e non una modella come lui pensa.

«Allora?»-la sua voce diventa più bassa mentre il suo entusiasmo lascia il posto alla perplessità: sembra quasi spaventato dalla mia possibile risposta e mi fa così tanta pena che il mio respiro accelera e smetto di collegare la bocca al cervello:

«Si, certo.»-annuisco con la testa per assicurarlo che non rifiuto la sua proposta.

«Bene.»- sorride leggermente confuso, per poi lasciarmi di nuovo spiazzata quando si avvicina all'improvviso per avvolgere le sue braccia intorno al mio collo e stringermi al suo petto teneramente.

Ne approfitto all'istante per portare gli occhi su James, che chiude le mani in due pugni e serra la mascella infuriato, ma non mi dà il tempo di incrociare i suoi occhi che si alza dalla sedia all'improvviso, passando una mano tra i capelli frustrato e incamminandosi verso la porta a passo svelto.

Chiudo gli occhi e mi trattengo dal corrergli dietro per spiegare perché ho accettato l'invito, anche se non ho una valida motivazione e non c'è nessuna ragione perché io debba dare spiegazioni a James, credo.

***

Infilo la chiave nella serratura della porta del mio appartamento, mentre stringo il telefono tra le dita alla voce della mia amica dall'altra parte della linea:

«Panda, è la terza volta che ti chiamo.»-osserva tranquilla, mentre in sottofondo si sente la voce di Julia Michaels, il che mi fa capire che sta guidando.

«Ora che sei diventata famosa ti sei dimenticata di avere un'amica da Coumpton.»-alzo gli occhi al cielo alle sue lamentele, sapendo anche che non lo pensa veramente.

«Ci siamo parlate ieri mattina... lepre.»-osservo con un sopracciglio alzato, sforzandomi di trovare un nomignolo, come se mi potesse vedere: ci sentiamo più spesso ora che viviamo a chilometri di distanza, piuttosto che un paio di settimane fa e lo sa meglio di me.

Crollo sul divano come un sacco di patate, chiudendo gli occhi per quanto la giornata di oggi è stata stancante, con il fotografo dai capelli ormai lilla che non fa altro che urlare e farmi salire su tacchi alla Lady Gaga.

Non disprezzo la moda e lo sfarzo, ma talvolta mi sembra di essere una dipendente al Moulin Rouge per quanto siano corti gli abiti, tanto che arrossisco solo all'idea che verrò vista conciata così da tutta l'America.

«Mi manchi.»-ammette all'improvviso, lanciando un lungo sospiro, mentre socchiudo gli occhi alla sua confessione insolita:

«Hai il ciclo per caso?»-chiedo, ma so affretta a ribattere:

«Stronza, sono seria!»-esclama, quindi scoppio a ridere, continuando a provocarla:

«'Stronza' non è un animale.»

Al primo anno di liceo ci siamo fatte una promessa insolita, decidendo di non chiamarci per nome o altri nomignoli, ma solo con nomi di animali, ma alla mia puntualizzazione sbuffa di nuovo:

«Quando ritorni?»-chiede e questa volta decido di assumere un'espressione seria:

«La prossima settimana c'è la cena con mia madre.»-rifletto ad alta voce, pensando anche a quanto può avere senso il piano di Gordon a questo punto.

«Quindi conoscerò il tipo antipatico?»-annuisco alle sue parole come se mi potesse vedere, per poi affrettarmi a rispondere con un sospiro:

«Si.»

«Pensi davvero che sarà possibile ingannare tua madre...»-inizia a fare i suoi ragionamenti assurdi per farmi capire che devo perdere ogni speranza con Edward, ma i miei pensieri finiscono di nuovo sulla reazione che James ha avuto stamattina, allontanandosi per poi non farsi più vedere per il resto della giornata.

L'idea che sia ritornato a casa sua dopo il suo turno di lavoro non mi rilassa affatto, dato che il suo quartiere è pieno di prostitute ai lati della strada.

«L'ho baciato!»-esclamo all'improvviso, interrompendo la mia amica pur di liberarmi del senso di vuoto che provo da stamattina:

«Hai baciato Edward?»-chiede con una voce talmente acuta che sono costretta ad allontanare il telefono, mentre mi posiziono meglio sul divano per addormentarmi lì per il resto del pomeriggio:

«No, ho baciato James.»-mi limito a dire, chiudendo gli occhi con l'intenzione di riposare, ma tralasciando quello che è successo dopo che l'ho baciato.

«Cosa?!»-strilla di nuovo, ma non la biasimo.

La sua reazione mi dà la conferma che non mi sarei dovuta avvicinare al bodyguard, non avrei dovuto seguirlo, dannazione!

«Già.»-farfuglio a bassa voce, tanto che non sono nemmeno sicura che mi abbia sentita.

«Ti è piaciuto?»-si schiarisce la voce, fingendo che non sia una cosa grave e che io non abbia sbagliato.

Mi è piaciuto baciarlo?

Cerco di convincere me stessa che è stato solo un momento di debolezza e mi sono lasciata andare solo perché mi sono sentita attrarre da lui fisicamente, ma mi sembra di avere ancora il suo sapore sparso sulla pelle.

Oggi mi sono distratta più volte, rivivendo ogni istante della notte passata con James, dalle sue carezze ai suoi baci umidi, come se fosse stata la mia prima volta.

Sento un vuoto allo stomaco persino all'idea di non averlo visto dal momento in cui si è allontanato del tutto incazzato con me, e non so perché ho uno strano presentimento che abbia combinato qualcosa che mi farà star male.

Non posso mentire a me stessa dicendo che non lo bacerei di nuovo: è da stamattina che immagino di rivederlo sorridente, per poi saltargli al collo e baciarlo come ho fatto ieri sera.

Ma James non è come io lo immagino nella mia testa: è freddo e distaccato, tanto che non avrei mai il coraggio di abbracciarlo spontaneamente, temendo la sua reazione.

Ma vorrei baciarlo, maledizione! Voglio baciarlo di nuovo!

«Cosa provi per lui?»-la mia amica insiste prima che io possa rispondere alla prima domanda, lasciandomi perplessa e di nuovo muta.

È la domanda che mi sono posta per James, ma non ho pensato a chiederlo a me stessa...

Cosa provi per lui?

«Io...»-inizio a balbettare, pronta ad assicurarla che non provo assolutamente nulla per il bodyguard, ma le parole non riescono a uscire dalle mie labbra e prima di riprendere a parlare vengo interrotta dal rumore di una porta che viene aperta alle mie spalle.

Spalanco gli occhi e alzo la testa di scatto dal cuscino per accorgermi che il rumore proviene dalla stanza di James.

Il cuore mi sale in gola pensando al fatto che il bodyguard è nella sua stanza, quindi mi alzo all'improvviso in piedi quando vedo che la porta si spalanca:

«Ti richiamo, lucertola.»-chiudo la chiamata con la mia amica prima che ribatta, pronta ad andare verso James per capire se è ancora arrabbiato, ma rimango immobile sul posto quando dalla stanza esce in punta di piedi la segreteria di Edward.

Non appena i suoi occhi incrociano i miei il mio sorriso si affievolisce sempre di più, mentre la donna salta sul posto, affrettandosi ad aggiustare la maglia stropicciata:

«Ehm...»-alza una mano in segno di saluto, sforzando un sorriso, per poi indicare la stanza alle spalle con il pollice: «... sta dormendo.»

41~Non mi ha fatto provare niente

New York è decisamente mozzafiato, ma mi sono mancate persino queste pareti durante quei giorni.

Mi guardo intorno, aspettando seduta nell'ufficio di Gordon, mentre lo zio è intento a firmare dei fogli sparsi sul tavolo, concentrato come non l'ho mai visto prima d'ora.

Mordo l'interno della guancia sentendomi una stupida ragazzina ingenua anche nei suoi confronti: lo zio cambierebbe completamente idea di me se sapesse cosa ho combinato a New York, soprattutto dopo avermi aiutata così tanto ad avvicinarmi al figlio.

Mi viene voglia di vomitare al solo pensiero di aver accettato di essere il giocattolo di quello stronzo, tanto che ho chiesto a Edward di ritornare a casa in aereo,pur di evitare di guardarlo in faccia.

Non so cosa sarei capace di fare se dovesse provare ad avvicinarsi a me come ha già fatto, ma sicuramente non permetterò più al bodyguard di toccarmi nemmeno un capello.

Ho persino pensato di potergli interessare, quando invece, dopo nemmeno ventiquattro ore, è andato a letto con un'altra.

Porto una mano sul petto al ricordo di quella scena, ritornando a sentirmi male come se la stessi vivendo di nuovo in questo istante, ma cerco di scacciare le lacrime per non destare sospetto in Gordon, ma soprattutto perché non se lo merita.

Non dopo il modo in cui mi ha trattata.

Forse il fatto che ha fatto sesso con la segreteria di Edward mi ha aiutato a ritornare in me: ho ripreso a odiarlo da quello stesso istante e ho smesso di rivolgergli la parola per non cadere più nella sua trappola, anche se non è stato difficile, dato che nemmeno lui mi ha degnato di un'occhiata.

Mi ha aiutato anche ad avvicinarmi a Edward, nei pochi giorni rimasti, soprattutto dalla sua notizia che il mio volto è stato scelto anche da un'altra azienda newyorkese, vicina alla MaxForer, il che significa che passeremo ancor più tempo insieme in futuro.

«Non sai quanto ci ho messo a convincere quel giovane a sostituire Edward alla cena con tua madre.»-salto sulla sedia alle parole dello zio, per poi assumere un broncio quando analizzo le sue parole.

Se avessi un'altra scelta sicuramente la sfrutterei, ma, sebbene senta di aver tradito Edward, dopo intere giornate rimasta a riflettere, ho deciso di non rinunciare a lui.

Racconterò prima o poi la verità a Edward e, anche se lo zio continua a insistere sul fatto che non tollera i dipendenti, dopo averlo conosciuto, non penso che Edward possa essere così malvagio, almeno non è questa l'impressione che mi ha dato.

Devo dirgli anche che io e il suo migliore amico... siamo andati a letto insieme, e prima che sia il bodyguard a farlo.

«Grazie.»-farfuglio, mentre Gordon riprendere ad assicurarmi che andrà tutto bene e che mia madre non si accorgerà di nulla, ma ad un certo punto il mio sguardo si perde nel vuoto, cercando di scacciare dalla testa quel minimo di dubbio che mi è rimasto riguardo a Edward.

«Tutto chiaro?»-annuisco lentamente alle parole dell'uomo di fronte a me, ma non faccio in tempo a ringraziarlo di nuovo che sento bussare alla porta dell'ufficio, mentre la voce del mio capo si diffonde nella stanza:

«Papà, sei lì?»-alzo la testa di scatto verso lo zio, che ha perso il colorito del viso e si affretta a indicare l'ingresso:

«Dietro la porta! Dietro la porta!»-sussurra, spintonandomi leggermente e annuendo quasi per assicurarmi, quindi faccio come mi suggerisce e mi nascondo all'angolo vicino alla soglia nell'esatto momento in cui la porta si spalanca.

«Sei qui. Perché non rispondi?»-la risata di Edward alla parte opposta del legno mi fa rabbrividire, mentre perdo ogni speranza di potermi salvare da questa situazione, ma quando lo vedo avanzare verso Gordon e volgermi le spalle, non ci penso due volte prima di uscire dal mio nascondiglio, prima che la porta possa venirmi addosso.

Tiro un sospiro di sollievo e mi affretto ad attraversare il corridoio con il cuore in gola, mentre penso al disagio che deve provare lo zio in questo momento.

Rallento quando finalmente mi ritrovo a scendere le scale, ma sobbalzo quando mi accorgo che James sta salendo le scale con il solito atteggiamento strafottente.

Se all'inizio penso di scappare dall'altro lato, ritornando indietro pur di evitarlo, poi mi rendo conto di quanto sarebbe infantile.

Non ho nessun motivo per nascondermi, anzi, devo continuare a evitarlo a testa alta, camminandogli affianco e fingere di non aver mai avuto a che fare con uno come lui.

Prendo un forte respiro e riprendere a scendere le scale con calma, mentre il mio battito accelera quando mi ritrovo a un metro di distanza dal suo corpo.

Trattengo il respiro e porto gli occhi ovunque tranne che nella sua direzione, anche se lo sento sospirare pesantemente quando passa al mio fianco.

Al suo gesto i ricordi dell'altra sera ritornando nella mia mente, il modo in cui sospirava tra i miei capelli e all'incavo del mio collo si fa vivo nella mia testa, tanto che costringo me stessa ad affrettare il passo per evitare di pensarci ancora.

Se tra me e Edward dovesse filare tutto liscio, non so come farò a sopportare la presenza di James nella mia vita, dato che sono così tanto legati.

Quello che continuo a non capire è perché quell'idiota lavora per Ed: è chiaro che è più ricco del suo amico e avrà un patrimonio tale da poter vivere senza fare nulla, invece di mettersi al servizio di Edward.

Mi schiaffeggio mentalmente quando mi rendo conto del fatto che continuo a sprecare tempo pensando a lui, quindi scuoto la testa all'improvviso per ritornare alla realtà, mentre entro in cucina pronta ad aiutare la capo cuoca a preparare la cena.

Stasera mi devo affrettare più del solito, dato che Edward, ricordandosi della sera in cui mi ha incontrato in spiaggia, mi ha inviato a correre in sua compagnia stasera.

Alzo la testa e socchiudo gli occhi quando mi avvicino a Maleficent e mi accorgo che sta ringhiando a bassa voce, mentre guarda di sottecchi suo figlio che si avvicina in compagnia dell'altro pinguino.

Trattengo una risata, pronta ad assistere alla sceneggiata del secolo, mentre alzo il mento per salutare Ethan e il suo ragazzo:

«Ti ricordi di noi vero?»-mi chiede con una finta espressione arrabbiata, facendomi alzare gli occhi al cielo, ma non rispondo nemmeno, limitandomi a tirargli la mela che mi ritrovo davanti, sul bancone, ma invece di colpire lui, la mela finisce contro il cavallo dei jeans dell'altro, che assume una smorfia, piegandosi leggermente dopo avermi lanciato un'occhiataccia.

Sussurro un 'scusa', mentre a Ethan scappa una risatina nell'esatto momento in cui la vecchia gli lancia un'ultima occhiataccia, per poi allontanarsi e lasciarmi sola a preparare la cena per lo zio e Edward.

Inizio ad affettare il cetriolo, mentre i due mi riempiono di domande a cui rispondo semplicemente con un 'si' o 'no', ma quando l'amico di James chiede:

«Com'è stato vivere a New York?»-non riesco a trattenermi e lascio cadere il coltello sul tavolo:

«Bene, se non fosse stato per James!»-esclamo, mentre lui alza un angolo della bocca verso l'alto:

«È un coglione...»-mi dà ragione, mentre addenta la mela che gli ho lanciato, per poi appoggiare i gomiti sul tavolo e guardarmi dal basso: «...ma ha le sue ragioni.»-continua, facendomi sbuffare.

«Lo so, mi ha raccontato.»-farfuglio, ragionando ad alta voce, mentre lui smette di masticare all'improvviso, dilatando leggermente le pupille.

«Sono stata a casa sua.»-inizio a raccontare, ma non mi dà il tempo di continuare, spalancando ancor di più gli occhi:

«Avete pure scopato insieme per caso?»-dalla sua espressione seria non capisco che è ironico e mi affretto a chiedere:

«Cosa?! Non è vero! Che ti ha detto?!»-avanzo leggermente verso di lui, che ora mi guarda perplesso, non capendo la mia reazione, mentre si limita a rispondere con la fronte aggrottata e sospettoso:

«Niente.»

***

Quando mia madre mi rimproverava e consigliava di andare in palestra, ho sempre pensato che lo facesse apposta per farmi sentire male, ma ora capisco che lo diceva davvero per il mio bene.

Il mio petto fa su e giù mentre cerco di stare dietro a Edward, ma non credo di aver mai odiato la sabbia della spiaggia così tanto in vita mia e l'unica cosa che voglio in questo momento è crollare sul letto:

«Sarai abituata a correre spesso, io non tanto.»-la voce di Edward mi fa ritornare in me, facendomi capire che finalmente siamo arrivati vicino alla strada che porta all'uscita dal mare.

Non poteva pensare diversamente di una modella, ma si sorprenderebbe se sapesse che l'unica corsa facevo in passato era tra il portone di casa mia e la fermata dell'autobus:

«Quando mi sento costretta.»-ammetto, dicendo una mezza verità, mentre lui si limita a sorridere, per poi iniziare a camminare lentamente.

Lo imito, portando le ciocche di capelli ribelli dietro l'orecchio:

«Oggi anch'io non me la sentivo, a dire il vero.»-inizia a confessare, ma lo lascio continuare a lamentarsi, quasi divertita da questo aspetto di Ed:

«Da quando abbiamo cambiato cuoca a casa mia si mangia pesante.»-lo dice con così tanto di disprezzo che provo una stretta allo stomaco, quindi cerco di cambiare discorso, schiarendomi la voce:

«È tardi, Ed.»-osservo, prendendo un forte respiro, mentre fingo di guardare l'orologio intorno al mio polso.

«Ti accompagno?»-allarga il sorriso, portandomi a fare lo stesso quando la sua espressione si addolcisce, ma scuoto la testa e cerco di non farlo rimanere male:

«Hai già fatto tanto.»-mi avvicino per lasciargli un bacio sulla guancia in segno di ringraziamento, ma non appena il mio viso si trova a due millimetri dal suo, si affretta ad afferrare il mio volto tra le mani sottili e calde, per poi portare le sue labbra sulle mie prima che me ne renda conto.

Spalanco gli occhi al suo gesto improvviso, ma se all'inizio penso di allontanarlo e tirargli uno schiaffo, poi mi rendo conto che ... Edward mi sta baciando!

Chiudo gli occhi e cerco di catturare il suo profumo, ma il venticello del mare non me lo permette.

È un bacio così delicato e dolce che riesce a liberarmi di tutti i pensieri che fino a un secondo fa mi stavano soffocando.

La sua bocca è calda, mentre inizia a muovere il pollice sulla mia guancia, facendo dei cerchi immaginari e la punta del suo naso preme contro la mia guancia, ma anche se provo a capire cosa provo in questo istante, si allontana dopo nemmeno due secondi, senza darmi il tempo di poggiare le mani sul suo petto:

«Scusa, Hannah...»-porta una mano al retro del collo, chiaramente imbarazzato dal suo stesso gesto, ma non smette di guardarmi di sottecchi, mentre io rimango immobile sul posto, aprendo gli occhi lentamente per ritornare alla realtà: «Non sono riuscito a resistere.»-sussurra, il che mi porta a socchiudere gli occhi e inclinare la testa, continuando a guardare le sue labbra per rivivere il bacio mentalmente, ma un senso di rabbia mi fa chiudere le mani in due pugni quando mi accorgo che non sento i brividi che James ha provocato in me quando si è impossessato della mia bocca.

Non ho quella strana sensazione allo stomaco che ho provato quando il bodyguard mi ha baciata davanti a suo padre e il mio respiro non è affannoso.

Maledizione! È tutto perfetto... Edward è perfetto!

C'è il mare, la notte, il vento! Tutto è così romantico e non siamo nascosti in una banale camera da letto per sbaglio!

Presa dalla rabbia mi avvicino a Edward di nuovo e mi alzo alla sua altezza per sorprenderlo quando prendo l'iniziativa di baciarlo di nuovo: questa volta è lui a spalancare gli occhi ed emettere un gemito per la sorpresa, ma dopo un po' decide di accontentarmi, muovendo in modi esperto le sue labbra contro le mie e beandomi del suo sapore di menta.

La sua pelle liscia sfiora la mia, mentre le sue mani finiscono delicatamente ai lati del mio fianco per avvicinarmi a lui all'improvviso.

Il modo in cui il suo corpo reagisce al mio mi piace, mentre la freschezza che sento nella mia bocca mi invita a continuare a baciarlo, a portare le mani i suoi capelli biondi e ordinati, a intrecciare la sua lingua, a capire che quel bacio... non mi fa provare niente.

Mantengo gli occhi chiusi mentre le sue labbra si staccano dalle mie, per poi piegarsi verso l'alto in un sorriso soddisfatto e tenero allo stesso tempo:

«Sapevo di piacerti.»-sussurra dolcemente, per poi lasciare un bacio sulla punta del mio naso, prima di fare un passo indietro, per poi voltarmi le spalle e lasciarmi lì impalata e delusa, ma soprattutto incazzata con me stessa.

42~Non provo nulla per … James

Sento i suoi occhi alle spalle dopo averlo evitato per giorni interi, mentre convinco me stessa che sarò capace di superare anche la cena di oggi.

Non c'è stato verso di cambiare idea a mia madre e posticipare questo interrogatorio, ma Gordon mi ha assicurato che non ci sono più foto di Edward sui giornali e nelle riviste, almeno da un paio di settimane.

Non so come ha convinto il bodyguard a presentarsi oggi come il mio fidanzato davanti a mia madre, ma sicuramente lo avrà pagato abbastanza da stare in mia compagnia stasera.

«Andrà tutto bene.»-prendo un forte respiro all'ennesimo tentativo di conforto da parte dello zio, mentre poggio una mano sulla mia spalla.

Annuisce con la testa per farmi capire che è arrivato il momento di bussare, ma non faccio in tempo ad alzare la mano per arrivare al legno famigliare, che la porta si spalanca e la mia genitrice appare dall'altra parte con un finto sorriso a trentadue denti.

È sempre stata una bella donna, purtroppo, dal fisico impeccabile da permettersi il tubino nero che indossa stasera e dai capelli liscissimi e lucidi.

Il mio respiro si blocca per un attimo, rendendomi conto di quanto mi sia mancata a prescindere dal fatto che è una pessima madre, ma quando salgo lo scalino che ci separa per darle un abbraccio affettuoso, mi supera senza degnarmi di un'occhiata, per avanzare verso Gordon e abbracciarlo affettuosamente: la seguo con gli occhi , voltandomi verso i due mentre il sorriso mi muore sulle labbra, ma scuoto la testa mentalmente e ritorno alla realtà quando mi accorgo che James mi sta guardando incuriosito, quasi studiando la mia espressione.

«Gordon, caro, ben rivisto!»-la sento esclamare.

Non ho modo di girarmi che mi sento avvolgere alle spalle da due braccia famigliari che riconosco subito per quanto sono pelose e accoglienti, mentre mio padre lascia un bacio tra i miei capelli:

«Ben tornata, cucciola.»-chiudo gli occhi all'istante, mentre le mie labbra si allargano in un sorriso di nuovo, voltandomi da mio padre per assicurarmi che almeno lui non si è vestito come un pinguino.

Infatti è il solito bradipo in tuta-pigiama che adoro.

Non so come mi è venuto in mente di indossare un vestito elegante questa sera, come se davvero al mio fianco ci fosse Edward e non il suo finto sostituto.

James, invece, non si è nemmeno preso la briga di indossare una camicia, ma si è presentato in felpa e jeans comodamente, come se stesse andando a prendersi una birra con gli amici.

Ma infondo a lui non può importare di meno dell'esito di questa serata...

«Capra!»-alzo la testa di scatto alle spalle di mio padre, per poi mostrare i denti quando la chioma bionda della mia amica appare all'ingresso, facendomi capire che mi ha anticipata e, molto probabilmente, ha anche aiutato mia madre a cucinare.

Mi guarda dalla testa ai piedi con approvazione, mentre mi avvicino a lei rapidamente per strozzarla con un abbraccio di quelli che solo io so dare:

«Dal grembiule a Giorgio Armani.»-osserva con un sorriso, mentre ricambia l'abbraccio teneramente, anche se non è proprio il genere di ragazza affettuosa.

«Vipera, mi sei mancata.»-confesso come lei ha fatto poche sere fa, ma si limita ad annuire distratta, per poi sussurrare vicino al mio orecchio:

«È lui?»-alza il mento in direzione di James, costringendomi ad allontanarmi da lei per voltarmi verso il bodyguard.

«È il finto lui.»-farfuglio mentre inizio a guardare la scena che si presenta di fronte a me.

Non mi ero accorta che mio padre si era avvicinato a James e trattengo il respiro quando mi accorgo che il bodyguard ha un'espressione fin troppo seria, mentre parla a mio padre.

Vorrei sapere di cosa stanno parlando, ma la voce stridula di mia madre che conversa con Gordon non me lo permette.

Mio padre ha un'espressione confusa in volto che mi fa capire che forse è finita ancor prima di iniziare, mentre James infila le mani nelle tasche dei jeans con aria strafottente, ma mi rilasso e tiro un sospiro di sollievo quando mio padre scoppia a ridere all'improvviso, portando la testa leggermente all'indietro, per poi dare una pacca alla spalla al bodyguard, che si limita ad alzare un angolo della bocca.

«Ho capito. È lui.»-la mia amica insiste, ma mi assicuro che non combini nulla stasera, quindi mi affretto a ribattere:

«È acqua passata. Non provo nulla per... »-inizio a balbettare prima di pronunciare il suo nome, come se non volesse uscire dalla mia bocca:«... James.»

Cerco di apparire sicura, ma alza un sopracciglio alle mie parole, per poi socchiudere gli occhi e alzare le spalle:

«Meglio per me.»-porto di scatto gli occhi nella sua direzione, pronta a rimproverarla e minacciarla di non combinare niente stasera, ma la voce di mia madre mi costringe a lasciar perdere la mia amica:

«Lui chi è?»-la mia genitrice punta l'indice verso il bodyguard, che avanza lentamente nella sua direzione per afferrarle la mano in un gesto che mi sorprende:

«Mio figlio.»-Gordon risponde al posto di James, che nel frattempo fa arrossire mia madre, mentre solleva il suo dorso per lasciarci un bacio in modo elegante e assolutamente non da lui.

Assumo un'espressione disgustata da quella scena, ma il cuore mi sale in gola, quando mia madre assume un'espressione confusa:

«Lo ricordavo diverso.»-lo osserva attentamente, mentre mi preparo a un putiferio di quelli tipici di mia madre quando si arrabbia per essere stata presa in giro, ma il mio battito cardiaco ritorna alla normalità quando James interviene dopo un paio di secondi di silenzio imbarazzante:

«Con meno tatuaggi?»-la voce roca del bodyguard si diffonde nel cortile della casa in cui sono cresciuta, ma la sua espressione rimane sempre monotona e seria, riuscendo a intimorire persino mia madre, che annuisce in modo esagerato, concludendo con una risata isterica:

«Decisamente!»-esclama, per poi allontanare la mano da quella del mio finto fidanzato, per poi schiarire la voce:

«La cena è pronta.»-invita tutti a entrare, continuando a non degnarmi di un saluto, al che mi sono ormai abituata, quindi la imito e mi arrendo, seguendo il suo invito per entrare nella casa in cui sono cresciuta.

Non è niente a confronto con i castelli di James ed Edward, ma molto più bella e accogliente: profuma di casa... e di bruciato.

Sicuramente mia madre avrà dimenticato qualcosa in forno, ma decido di non dirglielo per il puro gusto di vederla in imbarazzo e impreparata.

Prendo posto per prima intorno al tavolo, guardandomi intorno per assicurarmi che sia tutto al suo posto, ma niente è cambiato.

Nemmeno io sono cambiata, anche se ho smesso di parlare tra me e me o con il mio riflesso allo specchio.

Quando sento i passi degli altri alle mie spalle tiro un sospiro di sollievo, rendendomi conto che mia madre stranamente non si è ancora resa conto di nulla, ma quando la mia amica prende posto alla mia destra, lasciando un posto vuoto tra me e lei, mi ricordo all'improvviso delle sue parole, quindi porto l'indice e il medio all'altezza dei miei occhi per avvisarla che la tengo d'occhio.

Alza gli occhi al cielo alle mie parole, per poi poggiare un gomito sul tavolo e portare il mento sul palmo della mano mentre ammira il bodyguard dal basso, quasi facendolo apposta per infastidirmi.

Dovevo immaginarlo.

Lei non si è mai fatta scappare un ragazzo e sicuramente James non sarà un'eccezione, il che mi preoccupa e spaventa allo stesso tempo, quasi facendomi pentire di aver invitato la mia migliore amica stasera:

«Quindi tu sei Jam... cioè Edward!»-la bionda si affretta a correggersi quando lo stronzo si avvicina alla sedia e prende posto tra me e lei, beandomi del suo odore, ma voltandomi le spalle per portare la sua attenzione sulla mia migliore amica, anche se non gli do il tempo di rispondere:

«Qualcosa sta bruciando in cucina!»-dico con un tono più arrabbiato di quanto avrei voluto, attirando l'attenzione di tutti i presenti, compreso l'uomo al mio fianco.

Di sottecchi mi accorgo che un'espressione divertita prende luogo sul suo viso, ma non passano due secondi che ritorna serio e mi volta di nuovo le spalle per dedicarsi al suo nuovo passatempo.

Proprio nel momento in cui spero che mia madre intervenga per chiedere alla donna di fronte a James di andare in cucina, la mia genitrice dice tra i denti:

«E allora vai a vedere.»-stringo i denti per la rabbia e chiudo gli occhi per un istante, trattenendomi dall'insultare mia madre davanti a tutti quanti, per poi alzarmi lentamente con il broncio, mentre gli altri riprendono a conversare come se non fosse successo nulla.

Persino zio Gordon sembra essersi completamente dimenticato della mia presenza, ma non posso aspettarmi molto da lui stasera ed è già troppo se l'ho messo in mezzo.

Mentre mi avvio in cucina sento il telefono vibrare dentro la mia borsa, segno dell'arrivo di un messaggio, ma prima di estrarlo dalla borsa mi affretto a spegnere il forno.

Sbatto una mano sull'isola della cucina quando ricevo un secondo messaggio, come se mi potesse aiutare a calmarmi, quindi afferro il mio aggeggio che non smette di tremare per vedere chi ha deciso di contribuire a rovinarmi la vita stasera, ma il mio cuore si scioglie quando il nome di Edward illumina lo schermo.

La mia espressione si trasforma da infuriata a intenerita, quindi poggio la schiena contro la superficie fredda del frigorifero, per poi iniziare a leggere i suoi messaggi:

Ti va di incontrarci al mare sta sera

Se sei libera, ovviamente.

Se vuoi ti vengo a prendere.

Alzo gli angoli della bocca in alto forzatamente: come può un uomo essere così perfetto?

Porto l'interno della guancia tra i denti, pensando a cosa inventarmi, ma non volendo accumulare le bugie che gli ho raccontato, decido di limitarmi a dite una mezza verità:

Sto passando del tempo con i miei genitori. Grazie lo stesso, Ed.

Invio prima di pentirmi di avergli risposto, per poi decidere di ritornare all'inferno, dove Lucifero, nelle vesti di mia madre, sta tornando il bodyguard, ma a giudicare dalla risata della mia amica, deduco che James abbia saputo tenerle testa.

Quando la bionda tira uno schiaffo leggero sul bicipite del bodyguard, distolgo subito gli occhi infastidita, come se quella donna fosse una sconosciuta per me in questo istante, ma cerco di non cadere più al centro dell'attenzione, mentre prendo posto affianco al bodyguard.

Questi non mi degna di un'occhiata, mentre continua a parlare tranquillamente a mia madre, assecondato dalla mia amica: sembra quasi che la vera copia stasera siano loro due, il che mi fa venire voglia di vomitare per un istante:

«Ho frequentato la New York University e mi sono laureato in medicina, anche se poi la mia vita ha preso un altro corso.»-James alza una mano in aria, mentre mio padre lo ascolta attentamente.

Mi chiedo se stia dicendo la verità o stia solo sparando cazzate davanti ai miei genitori, ma fatto sta che i due sembrano assai soddisfatti.

La mia vita ha preso un altro corso.

Per quanto mi abbia fatto del male in questo giorni, non posso fare a meno di provare pena per lui e la sua famiglia, ma soprattutto per il peso che questo stronzo deve sentire sulle spalle, anche se l'incidente non è successo solo per colpa sua.

Sobbalzo quando sento il telefono vibrare tra le mie dita, il che mi spinge a leggere la risposta di Edward pur di distrarmi:

Vorrei conoscerli un giorno.

Sorrido e inclino la testa alle sue parole, per poi digitare sullo schermo, senza pensarci due volte:

Te li presenterò.

Avrebbe dovuto conoscerli stasera i miei genitori ed essere al posto di James, che invece di fare la sua parte provoca la mia mia migliore amica.

«È maleducazione usare il telefono mentre si cena, amore.»-alzo la testa di scatto verso James quando mi accorgo di essermi distratta oer un tempo indeterminato, mentre il bodyguard ha avuto il tempo di leggere i messaggi scambiati con Ed.

La sua espressione severa e le sue parole sussurrate a due millimetri dal mio volto mi fanno capire che gli altri stanno parlando di altro.

La sua voce è così amara e piena di disprezzo che rabbrividisco quando pronuncia 'amore', ma dopo essermi persa abbastanza nelle sue pozzanghere, decido di non rivolgergli lo stesso la parola e portare l'attenzione su mio padre e lo zio che chiacchierano di fronte a noi come due vecchi amici.

Il fatto che mia madre si è ormai allontanata in cucina mi rilassa, ma non il fatto che James continua a fissarmi per un paio di secondi con la mascella serrata, per poi allungare un braccio nella direzione delle mie mani, poggiate sulle mie gambe.

Con la coda dell'occhio seguo il suo gesto, rabbrividendo quando le sue lunghe dita sfiorano la pelle nuda della mia coscia, ma mi accorgo troppo tardi che la sua intenzione era di afferrare il mio telefono e allontanarlo dalle mie mani prima che possa ribattere.

Spalanco gli occhi per il suo gesto, ma proprio quando sono sul punto di ribattere e insultarlo ad alta voce, mia madre si avvicina al tavolo con un gigantesco piatto ovale e quello che sarà la nostra (bruciata) cena:

«La cucina non è mai stato il mio forte.»-prende posto affianco a mio padre, invitando tutti a servirsi in modo formale.

'Anche fare la madre non è mai stato il tuo forte.'-vorrei dirle ad alta voce, ma mi limito a stare in silenzio, osservandola di sottecchi mentre lancia sorrisi falsi all'uomo al mio fianco.

Mi sento così messa da parte, mentre entrambi i miei genitori si concentrano sulle parole di James, e persino quella stronza della mia amica.

Inizio a mangiare tranquillamente solo dopo che lo zio mi rassicura con un occhiolino, quasi per farmi capire che il bodyguard se la sta cavando bene.

«Come ti sei innamorato di nostra figlia?»-alzo la testa di scatto alla domanda improvvisa di mio padre, portando subito gli occhi sulla figura di James, che irrigidisce i muscoli del collo all'istante e fa per parlare, per poi ripensarci, per la prima volta senza parole stasera.

Sento uno strano peso sullo stomaco al solo pensiero che James potesse provare un sentimento così forte per me, ma mentre penso a qualcosa da dire per salvarmi da questa situazione imbarazzante, il bodyguard inizia a parlare con una voce profonda:

«Signor Adam, sua figlia ...»-inizia a balbettare, per poi sospirare e distogliere gli occhi da mio padre e incrociare i miei, girando la testa dalla mia parte e facendomi venire i brividi quando passa la lingua tra le labbra, iniziando a studiare le mie pozzanghere per non so quale ragione:

«Amo tutto di lei.»-smetto di respirare quando la sua voce entra nella mia testa e manda in tilt il mio cervello.

Amo tutto di lei.

Bugiardo! Ha pure il coraggio di prendermi in giro guardandomi negli occhi!

«Mi piace come arrossisce.»-continua a torturarmi con i suoi occhi chiari, mentre subito alle sue parole le mie guance prendono fuoco, come per darne una dimostrazione.

«La amo per le sue figure di merda.»-alza un angolo della bocca, facendo scappare una risata a mio padre, mentre le mie mani iniziano a tremare:

«Per il suo atteggiamento da bambina viziata.»-trovo il coraggio di lanciargli un'occhiataccia, assumendo un'espressione arrabbiata per le sue parole:

«Amo le sue guance gonfie quando si arrabbia.»-non mi accorgo che solleva un braccio in alto per afferrare leggermente tra l'indice e il medio la mia guancia, continuando a fissarmi dritto negli occhi con tanta intensità che non riesco a reggere il suo sguardo e abbasso la testa per guardare le mie gambe scoperte, ma non mi dà modo di nascondere il viso tra i capelli che si avvicina al mio corpo e con lo stesso braccio avvolge le mie spalle, stringendomi verso il suo petto e costringendomi a poggiare la testa sulla sua spalla, assai perplessa e sorpresa dal suo atteggiamento, mentre ne approfitta per lasciare un bacio leggero tra i miei capelli, prendendo allo stesso tempo un forte respiro:

«Il suo odore di fragole mi fa impazzire.»-conclude, alleggerendo man mano la presa fino a lasciarmi completamente libera, ma il mio respiro stenta a ritornare normale, mentre cerco di trattenere la rabbia e la debolezza che provo in questo momento.

Quando finalmente trovo il coraggio di alzare la testa, mi accorgo che mio padre lo guarda con fierezza, mentre mia madre sembra quasi intenerita dalla sua falsa dichiarazione, tanto che stringe la mano di mio padre sul tavolo.

James raddrizza la schiena e smette di fissarmi dall'alto, mentre io mi prendo a schiaffi mentalmente per aver accettato la proposta dello zio, che in questo momento sposta gli occhi tra me e James, quasi sorpreso dalle grandi doti di attore del suo bodyguard.

***

Poggio la testa contro il legno della portone dopo averlo chiuso alle spalle, mentre rabbrividisco quando il leggero venticello si scontra con la mia pelle.

Lancio una lunga occhiataccia alla mia migliore amica, approfittando del fatto che ora siamo in giardino sole:

«Che c'è?»-alza le spalle, ma capisce subito che sono infuriata con il suo atteggiamento di stasera:

«Avevi detto che non ti importava.»-continua, assumendo la solita
espressione arrogante e di sfida.

«Infatti, non m'importa di lui.»-ribadisco, alzando le spalle, ma il mio tono
severo mi tradisce, mentre la seguo, attraversando il giardino ormai
completamente buio, per avvicinarci alla sua macchina.

«Quindi non ti arrabbi se ti dico che mi ha dato il suo numero?»-mi fermo
sul posto, piantando i piedi per terra quando solleva un pezzo di carta in
aria, sventolandolo davanti ai miei occhi.

Ingoio la saliva con difficoltà, portando una ciocca di capelli dietro
l'orecchio, ma senza riuscire a trattenere la delusione:

«Sei una stronza...»-le prendo il foglio di mano con rabbia, mentre lei si
affretta a incrociare le braccia al petto, ma quando inizio a leggere il
numero rimango perplessa e confusa:

«Questo non è il numero di James.»-ribadisco severa, alzando un
sopracciglio, ma la sua espressione è assai soddisfatta:

«Infatti è del mio meccanico.»-alza le spalle, facendomi capire di esserci
cascata.

«Sai il suo numero a memoria, vero?»-inizia a provocarmi, ma non le dò il
tempo di iniziare a ridere che le volgo le spalle per ritornare indietro a
casa:

«Vattene!»-sussurro quando mi trovo a un paio di metri di distanza, ma
sembra ascoltarmi e scoppia a ridere fragorosamente:

«Ti voglio bene, ornitorinco!»-urla, anche se siamo nel cuore della notte,
ma non le rispondo ed entro nella mia casa calda e ormai vuota.

I miei genitori staranno già dormendo, mentre lo zio sarà finito in una
delle piccole camere riservate agli ospiti.

Non so dove sia il bodyguard, ma sono sicuro che mia madre gli abbia
dato delle indicazioni per chiudersi in una camera senza rompermi le
scatole.

Salgo le scale letteralmente distrutta, pronta a crollare sul letto ed evitare di pensare alla cena e alle mie figuracce di stasera.

Arrivo in camera mia come uno zombie, pronta a respirare l'odore famigliare della mia stanza accogliente, ma mi fermo ai miei passi quando i miei occhi finiscono sulla figura di James, sdraiato comodamente sul mio letto.

Faccio un passo indietro come se avessi preso la scossa, ma senza riuscire a fare a meno di spiarlo.

Inclino la testa quando mi accorgo che tra le mani non ha il suo telefono come al solito, ma una piccola cornice con la foto che mio padre mi ha scattato un paio di mesi fa.

È l'unica foto in cui ho sorriso così tanto, quindi mio padre ha deciso di farne una cornice, ma non ho mai dato così tanta importanza a quella foto fino a questo momento, quando guardo James accarezzare con il pollice la mia immagine, mentre porta l'altro braccio dietro la testa, continuando a fissarmi nella foto con un'espressione indecifrabile.

Il mio sguardo si rabbuia all'istante, provando un forte desiderio di togliergliela di mano e cacciarlo dalla mia stanza, soprattutto dopo il modo in cui mi ha trattata a New York, facendomi sua una sera e scopando con una sconosciuta il giorno dopo.

Mi allontano dalla soglia della porta stringendo il labbro inferiore tra i denti e maledicendo mia madre per avergli permesso di entrare nella mia camera invece si farlo dormire nella stanza degli ospiti con Gordon, mentre mi indirizzo verso le scale, pronta a passare una lunga e scomoda nottata sul divano.

43~È un puttaniere senza sentimenti!

Non credo di aver mai conosciuto uno stilista così irritante di quello che ora sta alle mie spalle, mentre cerca di soffocarmi alle spalle, stringendo il vestito all'altezza dei miei fianchi.

Tossisco leggermente e mi viene quasi voglia di vomitare, ma non mi esprimo, limitandomi a portare una mano all'altezza della pancia per non arrabbiare ancor di più l'uomo.

Ormai ho compito che la vita di una modella è sicuramente più difficile di quella di una cuoca, ma stasera devo essere impeccabile come ho promesso a Edward.

L'unica festa a cui abbiamo partecipato insieme è stata quella organizzata dallo zio a casa sua, quando ci siamo conosciuti e incontrati per la prima volta.

«Hannah, siamo in ritardo... »-guardo il mio riflesso allo specchio mentre Edward si avvicina alle mie spalle, fermandosi ai suoi passi quando i suoi occhi incrociano la mia figura.

Ho sofferto così tanto nelle ultime due ore che più volte ero sul punto di abbandonare lo stilista dopo averlo mandato a quel paese, ma il risultato mi porta a spalancare gli occhi davanti allo specchio, come se quella non fossi io.

«Oh... Wow.»-Edward inizia a fare dei passi in avanti, guardandomi dalla testa ai piedi, persino più meravigliato di me.

I miei capelli per la prima volta sono riccissimi e circondano perfettamente il mio volto, mentre i miei occhi banali ora sono messi in risalto da un contorno scuro.

Non credo, poi, di aver mai avuto il coraggio di coprire le mie labbra con un rossetto così acceso e appariscente.

Sobbalzo quando sento le mani di Edward abbracciarmi da dietro, mentre poggia il mento sulla mia spalla nuda e pallida, continuando a fissare la mia immagine allo specchio per un paio di secondi.

Il suo gesto inizia a darmi fastidio per la troppa vicinanza, ma non lo allontano e lo lascio riempirmi di complimenti che non fanno altro che alzare la mia autostima:

«Ti sta bene.»-indica il vestito con gli occhi, scelto da lui stesso, ma non sa che in questo momento i miei polmoni stanno per scoppiare, anche se devo ammettere che è davvero bello.

Arriva fino ai miei piedi e si abbina perfettamente al rosso delle mie labbra, ma la cosa che adoro di questo vestito è il modello semplice che ricorda tanto quello delle dee greche.

«Sei davvero bella.»-sussurra vicino al mio orecchio con un tono dolce e sensuale allo stesso tempo, ma alle sue parole i miei pensieri vanno a un paio di sere fa...

Sei bellissima, Hannah.

Scuoto la testa non appena mi accorgo che sto iniziando a pensare a James di nuovo, quindi abbasso gli occhi per terra e mi affretto ad allontanarmi dall'uomo al mio fianco.

«Andiamo?»-gli chiedo dopo essermi schiarita la voce, mentre le sue labbra si piegano verso l'alto, annuendo con la testa per assecondarmi.

Quella di oggi è stata una giornata pesante, non solo perché ho dovuto correre due volte dall'azienda alla villa per cucinare per lo zio e Edward a sua insaputa, ma anche perché lo stilista mi ha costretto a passare il pomeriggio in azienda, chiusa con lui nel suo studio per ore, senza vedere l'ora che si facessero le nove di sera.

In realtà siamo già in tremendo ritardo, ma non penso che i soci di Edward possano offendersi con lui, dato che ha sulle spalle i loro business, e questo lui sembra saperlo dato che è assai sereno mentre ci avviciniamo alla sua limousine scura.

«Ultimamente i paparazzi sembrano essere scomparsi.»-ragiona ad alta voce non appena ci ritroviamo seduti l'uno affianco all'altro, dopo essersi guardato più volte intorno, ma mi limito a distogliere gli occhi dalla sua figura e ingoiare la saliva faticosamente.

Se solo sapesse che suo padre e io siamo dietro tutto questo sicuramente non sarebbe così rilassato.

«È una festa intima?»-chiedo per cambiare discorso, costringendolo a portare gli occhi su di me.

«Si.»-dice per tranquillizzarmi, come se sapesse che odio circondarmi da gente snob che usa i dollari per soffiarsi il naso.

«Ci saranno un centinaio di invitati.»-aggiunge, lasciandomi perplessa, ma quando noto che è serio sforzo un sorriso tirato, per poi portare gli occhi fuori dal finestrino e guardare i passanti lanciare delle lunghe occhiate verso la macchina, come se non avessero mai visto una limousine.

«Ma saranno tutti gentili, non ti preoccupare.»-sembra aver letto la mia espressione turbata, ma i suoi soci sono l'ultima cosa che mi preoccupa.

Lo lascio iniziare a scrivere sullo schermo del suo telefono, molto probabilmente continua a lavorare anche se stiamo andando a una festa, per approfittarne e immergermi nei pensieri.

So che lui non mancherà e sarò di nuovo costretta ad averlo vicino ogni volta che Edward dovrà allontanarsi per parlare d'affari con i suoi colleghi.

Ho più volte pensato di parlarne con Ed e fargli capire che non mi piace averlo vicino, ma non ho mai avuto il coraggio di fargli capire che non sopporto il suo migliore amico.

Mi preoccupa persino il fatto che il bodyguard possa dire all'uomo al mio fianco che siamo andati a letto insieme, ma non è la prima verità che James nasconde al suo amico, dato che finora non gli ha raccontato nulla del fatto che sono una sua dipendente.

Mi chiedo come faccia Edward a non accorgersi del fatto che non sono di origini greche e che non sono abituata a vivere circondata dal lusso, partecipando a eventi come questo, in una gigantesca sala da ballo che lascia col fiato sospeso e fa diventare agarofobi solo guardandola.

Mi guardo intorno spaesata e dagli occhi socchiusi per quanto lo spazio sia luminoso e accogliente, ma le mie mani iniziano a sudare quando mi accorgo di quanto sia pieno l'ambiente:

«Per 'un centinaio' intendevi metà America?»-sussurro distratta all'uomo al mio fianco, che lascia una leggera risata alle mie parole, per poi poggiare la mano alla base della mia schiena per sollecitarmi a scendere le scale all'ingresso.

Lo accontento assai imbarazzata, per la prima volta non volendo essere al centro dell'attenzione, ma cerco di evitare le strane occhiate che ci lanciano gli invitati e spero dentro di me di non andarmene di faccia, mentre la maggior parte dei presenti guarda nella nostra direzione.

Trattengo il respiro e mantengo la testa bassa quasi per nascondere il rossore, anche se con tutto il fondotinta e correttore che ho in faccia non penso si noterebbe, ma fingo lo stesso di guardare i miei tacchi per non cadere e trovo il coraggio di sollevare il mento lentamente solo quando Edward al mio fianco mi aiuta a scendere l'ultimo scalino.

«Andiamo al nostro tavolo.»-sussurra vicino al mio orecchio per farsi sentire dalla musica classica ad alto volume.

Annuisco distrattamente e sforzando un sorriso a trentadue denti quando mi accorgo che chi ci sta intorno continua a guardarmi dalla testa ai piedi o a farfugliare pettegolezzi ai loro compagni di tavola quando la mano di Edward stringe la mia mentre ci incamminamo verso il nostro posto.

Porto l'interno della guancia tra i denti, socchiudendo gli occhi e guardando i tavoli vuoti rimasti, ma proprio quando mi accorgo che il bodyguard non c'è da nessuna parte e inizio a esultare dentro di me, il mio sguardo incrocia la sua figura in piedi affianco al tavolo verso cui io e Edward ci stiamo incamminando.

Non si è accorto ancora della nostra presenza, quindi ne approfitto per seguire i suoi movimenti, mentre ride di gusto all'altro bodyguard di fronte a lui, che riconosco all'istante.

Carl porta gli occhi da Edward a me più volte, per poi assumere un'espressione seria e raddrizzare la schiena, dando subito una gomitata a James per indicare con il mento nella nostra direzione.

Lo stronzo alza la testa lentamente verso il suo amico, per poi assumere un'espressione accigliata che mi costringe a trattenere il respiro.

Una scia di brividi percorre la mia schiena quando i suoi occhi più chiari del solito incrociano i miei e, anche se siamo abbastanza distanti, riesco a notare che la sua espressione cambia: i suoi occhi si dilatano leggermente mentre inizia a fare i raggi x al mio corpo, facendomi sentire quasi nulla di fronte al suo sguardo, mentre la sua mascella rigida si rilassa visibilmente quando riprende a scavare nei miei occhi, passando la lingua tra le labbra più volte senza badare ai richiami di Carl che cerca di attirare la sua attenzione, anche se non voglio che lo faccia.

Porto una ciocca di capelli dietro l'orecchio sentendomi a disagio, ma il mio gesto sembra distrarlo ancor di più, tanto che raddrizza la schiena e dilata leggermente le labbra, per poi passare la mano tra i capelli e mettere in disordine il suo ciuffo.

James mi guarda con così tanto desiderio negli occhi che le mie gambe iniziano a tremare e non riesco a distogliere lo sguardo dal suo fino a quando il bodyguard al suo fianco gli tira una pacca sulla spalla, facendolo ritornare alla realtà e assumere una smorfia confusa.

Al gesto di Carl, gira la testa di scatto nella sua direzione per poi serrare la mascella all'istante e affrettarsi a voltarmi le spalle larghe, appoggiando i gomiti delle mani sul tavolo di fronte a lui, per poi portare un bicchiere colmo di liquido giallognolo alle labbra e mandarlo giù tutto d'un fiato.

Vengo distratta così tanto dal suo atteggiamento che non bado a quello che Edward sussurra di nuovo al mio orecchio, ma mi rendo con che doveva essere importante solo quando lo vedo allontanarsi e scomparire dopo un paio di secondi nella villa dei tavoli.

Quando perdo di vista la sua figura mi guardo intorno spaesata e ritorno alla realtà, ma non appena faccio per fare un passo in avanti e raggiungere il tavolo lentamente, vengo bloccata da un uomo che, quasi approfittando dell'assenza del mio accompagnatore, punta i piedi di fronte a me.

Prima ancora di guardarlo negli occhi, lancio un'occhiata alle sue spalle, quasi chiedendo aiuto a Carl, ma quando se ne accorge si limita ad annuire e voltarsi verso James, dicendo qualcosa vicino alla sua spalle, al che il bodyguard si solleva dalla sedia di scatto, per poi voltarsi nella mia direzione, ma distolgo subito gli occhi per evitare di vederlo infuriato:

«Lei deve essere Hannah.»-l'uomo di fronte a me mi costringe ad alzare la testa quando allunga una mano nella mia direzione per presentarsi, ma dalla reazione di James direi che non è un tipo di cui affidarsi, quindi si accorge che non ho intenzione di afferrare la sua mano e si limita a sorridere, per poi sollevare di più il braccio a mezz'aria e poggiare le dita sulla mia spalla nuda, il che cerco di sopportarlo per non essere scortese:

«Sono un amico di Edward ...»-inizia a dire, ma non appena fa per presentarsi meglio, sento una stretta intorno al gomito che si fa sempre più forte, facendomi capire all'istante che si tratta del coglione che non ha saputo rimanere al posto suo.

Giro di scatto la testa verso James, guadandolo dal basso per accorgermi che la sua espressione è impassibile, mentre non mi degna di un occhiata e si limita ad alzare il mento in segno di saluto al giovane al nostro fianco.

L'uomo sembra conoscerlo, tanto che si affretta a fare un passo indietro e sforzare un sorriso, mentre il bodyguard non mi permette di svincolarmi dalla sua presa, costringendomi a seguirlo verso Carl e attirando l'attenzione di alcuni invitati.

«Mi puoi lasciare.»-sussurro contro il suo avambraccio, ma la sua presa diventa più forte, dandomi una risposta implicita, come se fosse colpa mia il fatto che uno sconosciuto mi ha bloccato la strada.

«Mi stai facendo del male.»-insisto quando mi rendo con che ognuno è ritornato a farsi gli affari propri, ma non lascia la mia presa nemmeno quando ormai siamo giunti al tavolo, dove Carl ci aspetta confuso.

«Come cazzo ti sei conciata!»-spalanco gli occhi quando James mi costringe a sbattere contro il suo petto, facendomi voltare dalla sua parte e afferrando pure l'altro gomito per impedirmi di muovermi.

Il fatto che mi nasconde dal resto dei presenti con le sue larghe spalle mi incoraggia a lanciargli un'occhiataccia dal basso.

Non è la prima volta che si rivolge a me con questo tono pieno di disprezzo e se prima, dal modo in cui mi guardava, mi sono sentita più bella di quando mi guardavo allo specchio, ora mi fa sentire uno schifo.

«Non sono affari tuoi! »-l'eslamazione viene fuori dalla mia bocca così spontaneamente che le sue dita premono sempre di più e la vena gonfia comincia a diventare visibile attraverso i muscoli del suo collo, ma non ci pensa due volte prima di intimorirmi a due millimetri di distanza dal mio volto, così vicino che le nostre labbra potrebbero toccarsi da un momento all'altro, ma siamo entrambi così presi dalla rabbia che nessuno dei due ha intenzione di fare un passo indietro:

«Senti ragazzina...!»-fa per dire, ma lo interrompo per il puro gusto di farlo:

«Non chiamarmi ragazzina!»-esclamo, continuando a sussurrare, mentre lui si affretta a ribattere:

«Strano! Sembrava piacerti quella sera.»-ha il coraggio di dire, ma le sua parole mi colpiscono così tanto che sento gli occhi bruciare al suo tono derisorio. Trattengo un respiro e non riesco a fiatare, trattenendo le lacrime, ma quando si accorge dei miei occhi lucidi le sue pupille si dilatano e la sua mandibola si rilassa di nuovo, mentre alleggerisce la presa e solleva il petto per prendere un forte respiro, come se si fosse pentito del suo atteggiamento:

«Sei uno stronzo!»-faccio per spintonarlo indietro con una mano contro il suo addome scolpito, ma non si muove di un millimetro e mi guarda dall'alto impietosito e quasi spaventato di avermi ferita, mentre inclina la testa senza rispondere:

«Un puttaniere senza sentimenti!»-le parole vengono fuori senza che io riesca a controllarmi, mentre lo guardo dritto negli occhi per esprimere tutta la rabbia che ho accumulato dopo aver visto la segreteria uscire dalla sua camera.

«Mi hai usata per divertirti e poi ha scopato con un'altra il giorno dopo!»-continuo a sputare acida contro le sue labbra mentre la mia vista si appanna.

«Sei bellissima.»-sussurra lentamente, come se non mi stesse ascoltando affatto, ma le sue parole non fanno altro che infuriarmi ancor di più.

«Ti arrabbi se mi vedi con Edward e poi mi dici che faccio schifo. Mi odi per non so quale motivo, ma sono io quella che dovrebbe smettere di rivolgerti la parola!»-gli ricordo, ma ormai sembra inutile offenderlo, dato che non fa altro che immergersi nelle mie pozzanghere e insistere:

«Sei bellissima...»-sussurra di nuovo, mentre l'odore del whisky entra nelle mie narici.

Me lo hai già detto quella sera. Vorrei rispondergli, ma il modo in cui mi guarda dall'alto mi fa di nuovo credere che lo pensa veramente, mentre le sue mani si allontanano dai miei gomiti per accarezzare le mie braccia fino ad arrivare alle mie guance gonfie per la rabbia:

«... ed è per questo che ti odio.»-accarezza i miei zigomi con i pollici, mentre la pelle delle sue labbra inizia ad accarezzare le mie per saziarmi di quei baci che mi sono dannatamente mancati, anche se ho cercato di nasconderlo a me stessa, ma non appena le sue labbra fanno per spingere contro le mie e i miei polmoni iniziano a riempirsi d'aria, Carl si affretta ad interromperci:

«Sta per arrivare Edward.»

44~È una puttana come tutte le altre

«Mi posso fidare di te?»-Edward si rivolge al bodyguard al mio fianco, ma non ho il coraggio di guardarlo negli occhi per quanto mi sento sporca.

Mentre lui mi sorride in modo tenero io non riesco a fare a meno di pensare alle labbra di James e a quanto desidero che finisca quello che ha iniziato prima che Ed ci interrompesse.

Non trovo nemmeno il coraggio di ringraziarlo per la serata, anche se non credo di essermi mai annoiata così tanto in vita mia in una festa.
Sembrava essere una riunione di lavoro,piuttosto, ed è da ore che cerco di nascondere il mio stomaco che brontola per quanto ho fame: a questo avrei preferito divorare una lumaca viva o un pipistrello, piuttosto che morire affamata.

Lo lascio poggiare un bacio sulla mia guancia, costringendomi a degnarlo di un'occhiata:

«Sono costretto a uscire tra mezz'ora.»-mi fa capire perché lui non può accompagnarmi, ma non glielo avrei lasciato fare lo stesso.

Annuisco alle sue parole in silenzio, mentre James si schiarisce la voce, chiaramente infastidito:

«Ho quasi finito il mio turno.»-lancia un'occhiataccia a Edward per costringerlo a lasciarmi andare, al che roteo gli occhi mentalmente, mentre l'uomo di fronte a me si decide ad allontanarsi in compagnia di Carl.

Lo guardo andare via lentamente, ma il bodyguard alle mie spalle sospira pesantemente, facendomi capire che è seriamente infastidito, quindi decido di accontentarlo, voltandomi verso di lui per seguirlo verso la sua macchina ormai famigliare.

Lo seguo alle spalle, guardandole contrarsi e rilassarsi fino a quando non arriviamo vicino al parcheggio.

James è pericoloso e non mi fido del fatto che rimarrà con le mani al suo posto per tutto o il tragitto, il che mi elettrizza e mi preoccupa allo stesso tempo.

Mi ha tenuta d'occhio per tutta la serata, facendomi sentire a disagio più degli sguardi indiscreti delle donne presenti in quella sala, ma ho cercato di evitarlo in tutto i modi, persino trattenendomi di andare al bagno, perchè sapevo che mi avrebbe seguito.

Allaccio la cintura di sicurezza non appena lo sento accendere il motore, mentre poggio la testa sul sedile, portando gli occhi fuori dal finestrino.

Non mi sento affatto me stessa. Non mi sento me stessa da quando ho cominciato a non fare altro che pensare all'uomo al mio fianco.

Edward non merita tutto questo e non capisco perché, pur sapendolo, continuo a passare del tempo con il bodyguard, piuttosto di evitarlo per il resto della mia vita.

«Non è giusto.»-sussurro dopo che in macchina ha regnato un silenzio tombale. Le parole escono fuori dalla mia bocca con timore, come se temessi di far arrabbiare James, ma questi sembra avere la parola pronta e si affretta a ribattere:

«Allora lascialo.»-giro la testa di scatto nella sua direzione, guardando il suo profilo per notare che è già infastidito, mentre stringe le mani intorno al volante.

«Non è così semplice.»-cerco di fargli capire balbettando. Evito di dirgli che in realtà ci ho già pensato.

Mi sono costretta a non farmi distrarre da lui stasera, ma allo stesso tempo l'idea che stava per baciarmi mi torturava e il suo profumo era rimasto dentro alle mie narici, facendomi provare una stretta allo stomaco, tanto che ho iniziato a pensare alla possibilità di dire tutto a Edward.

Ma come potrei?

Ogni volta che mi guarda sembra affezionarsi di più a me e i suoi occhi sembrano illuminarsi ogni volta che sorrido.

Tra l'altro non so cosa sono io per James, ma so che lui non è il genere di uomo che vuole una donna con cui passare il resto della vita, anzi, si è stancato di me dopo nemmeno dieci ore dal momento in cui mi ha fatto sua.

Non voglio rischiare di perdere un uomo a cui sono affezionata per uno a cui non faccio altro che pensare pensare ventiquattro ore su ventiquattro.

«È semplice, invece.»- mi rendo conto della voce roca del bodyguard solo quando poggia all'improvviso la sua mano alla radice della mia gamba, coperta dal leggero tessuto del vestito.

Raddrizzo la spina dorsale quando mi sento attraversare da una scarica di brividi per tutta la schiena, ingoiando la saliva a fatica, mentre James mi guarda di sottecchi per vedere la mia reazione.

«Vedi...»-sussurra con un tono basso, ma non ho il coraggio di interromperlo: «È semplice.»- alza il mento per assumere un'espressione soddisfatta, ma non appena fa per trascinare la mano verso il mio interno coscia, mi affretto a fermarlo:

«No! Non puoi toccarmi!»-circondo le dita intorno al suo polso gigantesco, per poi portare la sua mano lontano dalla mia gamba.

Se davvero gli interesso deve dimostrarmelo in un altro modo, dato che ormai ho completamente perso la fiducia in lui.

Con la coda dell'occhio lo vedo sospirare, per poi alzare gli occhi al cielo, come se fosse scocciato dal mio atteggiamento, al che incrocio le braccia al petto, aspettando che dica la sua, ma mi stupisce quando annuisce lentamente con la testa:

«Va bene.»-si schiarisce la voce, quasi capendo la mia reazione, ma quando cerco di capire se si è offeso e cerca di nasconderlo, mi accorgo che lasciamo la strada principale per imboccare una seconda via, che sicuramente non porta alla casa di Gordon.

Socchiudo gli occhi, guardando fuori dal finestrino per capire se è una scorciatoia o mi sta portando altrove, ma alla fine decido di chiederglielo e basta:

«Dove stiamo andando?»-chiedo leggermente allarmata, ma non risponde, assumendo piuttosto una smorfia divertita e maliziosa allo stesso tempo, il che mi fa salire il cuore in gola, quindi insistito, voltandomi dalla sua parte:

«James!»-urlo per togliergli quel sorriso dalla faccia, ma alla mia esclamazione sobbalza per la sorpresa:

«Cazzo... »-porta una mano all'altezza dell'orecchio: «Hai una voce di merda.»-osserva rilassato, ma sembra persino più divertito di prima e continua a non dirmi la destinazione.

Il mio stomaco brontola, ribellandosi insieme a me allo stronzo al mio fianco: sapevo che non dovevo fidarmi di lui per un motivo o un altro.

Evidentemente vuole uccidermi per poi nascondere i miei resti, o tutt'al più vuole farmi morire di fame, dato che l'unico motivo per cui ho accettato di venire con lui è per ritornare prima in cucina e strozzarmi con tutto ciò che trovo in frigo.

«Non avrai mica fame.»-allarga il sorriso, facendomi perdere per un paio di secondi nel guardare il suo profilo rilassato, ma cerco di riprendermi e non fargli capire quanto sto soffrendo:

«No.»-dico con un tono ovvio, ma non appena finisco di obiettare allunga un braccio nella mia direzione, per poi poggiare il palmo della mano sulla mia pancia, iniziando ad accarezzarla lentamente:

«Il tuo stomaco la pensa diversamente.»-afferma, ma la sua mano sul mio grembo mi fa venire la pelle d'oca, e non appena se ne accorge allontana di scatto le dita:

«Già.»-prende un forte respiro, guardandomi con la coda dell'occhio: «Non devo più toccarti.»-finge di ricordarsi delle mie parole, mentre ferma l'auto in una zona a me sconosciuto.

Mi trattengo dal dire che non era quello che intendevo: non voglio che lui smetta di accarezzarmi, voglio che metta di farlo... per un po' di tempo.

La mia espressione confusa lo porta a sorridere di nuovo, ma questa volta non mi dà il tempo di fissarlo ed esce dalla macchina, costringendomi a fare lo stesso, mentre maledico me stessa per aver accettato la proposta di Edward.

Mi guardo intorno nell'esatto momento in cui scendo dall'auto, notando che si sta dirigendo all'uscita dell'area riservata ai parcheggi, quindi mi affretto a seguirlo a quest'ora della notte, lasciando le mie ciocche ricce farsi trascinare dal vento.

Ho sempre avuto paura del buio, quindi cerco di rimanere affianco al bodyguard senza farglielo capire ed evitando di chiedergli quale sarà il luogo del delitto.

Ormai ho capito che non vuole dirmi nulla, ma i miei occhi si illuminano quando la scritta TakeAway appare davanti ai miei occhi non appena imbocchiamo una seconda strada quasi nascosta.

Mi trattengo dal chiedere a James se stiamo andando lì, ma mi rendo conto che è proprio così quando ci avviciniamo sempre di più alla macchina sormontata da una gigantesca immagine di hamburger e patatine fritte.

Alzo la testa verso il bodyguard con un sorriso a trentadue denti, al che risponde facendomi un occhiolino.

Una strana sensazione mi riempie il petto quando mi rendo conto che forse questo stronzo non è poi così stronzo...

«Giovani?»-un uomo anziano dall'altra parte della cassa cerca di attirare la nostra attenzione, facendomi capire che ci stavano fissando da un po' troppo tempo, ma James si affretta a riprendersi e assume un'espressione seria, rivolgendosi all'uomo per ordinare, ma non gli do il tempo di aprire bocca che lo anticipo, senza riuscire a trattenermi:

«Cheeseburger, doppio strato con salsa rosa, insalata, ketchup e maionese!»-dico tutto d'un fiato, facendo girare entrambi dalla mia parte con delle espressioni perplesse: «E pomodori.»-aggiungo, mentre James cerca di trattenersi dal sorridere, portando una mano tra i capelli, per poi lanciare una veloce occhiata all'uomo e fare per parlare, ma lo interrompo di nuovo con una voce fievole:

«E patatine fritte.»-concludo soddisfatta, facendo scoppiare a ridere il bodyguard all'improvviso, ma in questo momento sono troppo affamata per offendermi.

«Un hot dog senza salse.»-James riesce finalmente a ordinare la sua cena, anche se in teoria sarebbe colazione, dato che è passata mezzanotte.

Il cuoco annuisce serio in volto, per poi voltarci le spalle mentre porto una mano sulla pancia tremante e cerco gli occhi del bodyguard:

«Grazie.»-sussurro, guardandolo dal basso.

Si limita a guardarmi soddisfatto, ma decido di approfittare della sua vicinanza per alzarmi in punta di piedi e raggiungere l'altezza del suo viso.

Poggio i palmi delle mani sulle sue spalle possenti, per poi incrociare la sua bocca con la mia prima di pentirmene.

Il mio bacio leggero e improvviso lo lascia così perplesso che il suo petto smette di muoversi e i muscoli delle sue braccia si irrigidiscono all'improvviso sotto il mio tocco.

Non appena mi allontano e ritorno alla mia altezza passa la lingua tra le labbra, quasi volendo sentire meglio il sapore della mia bocca.

«Come faccio a non toccarti dopo questo?»-riflette in un sussurro con una voce strozzata, trattenendosi visibilmente di baciarmi di nuovo, ma non gli do modo di prendere nessuna iniziativa, limitandomi a fare la prepotente e alzando semplicemente le spalle, per poi affrettarmi ad afferrare le sue buste che il cuoco ci porge e voltargli le spalle, lasciandolo perplesso sul posto mentre mi avvio verso la macchina.

Mi allontano prima di mettermi in testa l'idea di lasciarlo baciarmi, ma non riesco a fare a meno di piegare gli angoli della bocca verso l'alto, mentre inizio a divorare l'hamburger prima ancora di entrare nella sua auto, così affamata che non mi importa se si arrabbia qualora sporcassi il sedile di salsa rosa.

Mi piace questo lato del bodyguard, e non per il fatto che è gentile e sembra un altro uomo, ma perché ho l'impressione di essere l'unica a conoscerlo.

Non ricordo di aver mai visto James imbarazzato dal giorno in cui l'ho conosciuto, e non avrei mai pensato che un giorno mi avrebbe portata fuori con lui a cenare a mezzanotte.

Lo guardo di sottecchi mentre prende posto al mio fianco, schiarendosi la voce ma evitando di guardarmi, come se stesse cercando di ritornare in se.

Catturo la sua attenzione, porgendogli il banale hot dog che ha ordinato, ma quando porta gli occhi tra le mie dita, dove l'hamburger è ridotto a metà, mi lancia una veloce occhiata:

«Puoi mangiarlo.»-alza gli occhi al cielo ironicamente, per poi ritornare a guardare di fronte a se e girare la chiave per accendere il motore.

«Non devi.»-fingo un'espressione dispiaciuta, ma prima ancora che possa ripensarci mi affretto ad accettare: «Se proprio insisti.»-alzo le spalle, mentre increspa le labbra divertito, ma si affretta a nasconderlo girando la testa dall'altra parte.

Voglio vederlo il tuo sorriso. Vorrei ribattere, ma costringo me stessa a rimanere in silenzio e non provocarlo.

È stato solo un piccolo passo il suo. Solo un piccolo passo verso la possibilità che io lo possa perdonare, anche se non so nemmeno se queste siano le sue intenzioni. Non ancora capisco che intenzioni ha con me, ma se davvero volesse solo farmi diventare un suo giocattolo, non avrebbe passato questa serata con me, pur sapendo che non lo lascerò sfiorarmi nemmeno un capello.

Il silenzio che si crea in macchina per la prima volta non mi risulta imbarazzante. Ormai ho capito che ci capiamo meglio quando stiamo zitti entrambi, quindi mi lascio andare contro lo schienale del sedile e inizio a fissare la vita notturna della città, anche se dopo nemmeno due secondi i miei occhi vengono catturati dalla spiaggia, che inizia a farci compagnia quando ci avviciniamo alla villa.

«A tua madre piace il mare?»-chiedo distrattamente, ricordando il suo racconto, ma allo stesso tempo temendo che possa chiudersi in se dopo la mia domanda.

Comincio a pensare che non avrei dovuto chiederglielo quando mi accorgo che rimane in silenzio e sospira pesantemente dopo un paio di secondi:

«Tanto quanto piace a te.»-farfuglia a bassa voce, tanto che fatico a sentirlo, mentre spegne la macchina e mi costringe a seguirlo mentre scende per entrare dal secondo ingresso della villa di Gordon.

«Dovresti portarla al mare un giorno.»-mi azzardo a insistere, per poi schiaffeggiarmi mentalmente quando la sua espressione ritorna ad essere seria:

«Un giorno.»-si limita a ripetere, facendomi capire che è meglio chiudere il discorso.

Come temevo smette di parlare mentre attraversiamo il corridoio che porta alle nostre camere, rabbuiandosi all'improvviso e facendomi pensare di aver rovinato tutto.

Perché dovevo citare sua madre, dannazione!

Era così sereno prima che aprissi bocca:

« Buonanotte... »-sussurro, ma non mi prendo la briga di guardarlo negli occhi mentre gli volgo le spalle per infilare la chiave nella toppa e aprire la porta della mia camera da letto.

Spalanco gli occhi e le mie mani iniziano a tremare quando lo sento avvicinarsi tremendamente alle mie spalle, quasi dimenticandosi di avermi promesso si resistere.

Afferra i miei fianchi tra le dita gigantesche alle mie spalle, per poi far aderire il suo petto alla mia schiena e sovrastarmi in tutta la sua altezza, tanto che sento il suo respiro tra le mie ciocche disordinate.

«James...»- inizio ad ammonirlo prima di perdere il controllo della situazione, mentre mi costringe ad incollare la mia schiena al suo corpo scolpito:

«Sono riuscito a controllarmi finora.»-sussurra sulla mia testa, per poi avvicinare la punta del naso all'incavo del del mio collo, tra i miei capelli ricci, facendomi venire la pelle d'oca:

«Ma questo lasciamelo fare.»-la sua voce roca si scontra con la mia pelle, mentre prende un forte respiro come se volesse portare con se l'odore della mia pelle.

Odora i miei capelli, espandendo il suo petto alle mie spalle, per poi lasciare un leggero bacio duraturo sulla mia spalla nuda con le sue labbra carnose, costringendomi a chiudere gli occhi a quel contatto:

«Buonanotte, ragazzina.»

***

Mi affretto ad arrivare all'ufficio di Edward con il fiatone, come se avessi partecipato a una maratona, ma sono già in perfetto ritardo.

Mezz'ora fa sarei già dovuta essere da lui, soprattutto tenendo conto della serietà con cui mi ha chiesto di parlarmi al telefono.

Sembrava arrabbiato e stanco allo stesso tempo, facendomi capire che gli affari ieri sera non sono andati così bene.

Cerco di convincere me stessa che è stata solo una mia impressione e che quando lo vedrò sarà lo stesso uomo sorridente e dolce, e non perché temo Edward, ma perché... ho deciso di dirgli la verità.

Non sono riuscita a chiudere occhio stasera, pensando di smettere di mentirgli, ma soprattutto smettere di mentire a me stessa.

Edward è un uomo d'oro e non merita di essere trattato in questo modo, ma finché ci sarà James nella mia vita non riuscirò mai affezionarmi a lui, per quanto sia perfetto.

Provo una stretta allo stomaco solo immaginando l'espressione del suo volto quando gli dirò che non sono mai stata una modella, oppure pensando all'idea che si farà di me lo zio quando verrà a sapere della mia relazione con James.

Porto una ciocca di capelli dietro l'orecchio, ripensando al discorso da fare al mio capo, ma mi fermo ai miei passi e spalanco gli occhi quando arrivo di fronte all'ufficio di Edward e mi accorgo che non è solo... ma in compagnia di James.

Ed ha entrambi i palmi delle mani poggiati sulla sua scrivania, mentre si rivolge al bodyguard seduto di fronte a lui con una smorfia infastidita in volto.

Il cuore mi sale in gola quando inizia a gesticolare infuriato, ma cerco lo stesso di darmi coraggio e riprendere a camminare lentamente, anche se non riesco a capire perché voglia parlarmi in presenza di James.

Ingoio la saliva con difficoltà, dimenticandomi completamente delle parole da rivolgere al mio capo, che ora sembra essere completamente fuori di sé.

«Posso?»-balbetto dopo aver bussato alla porta vetrata, e lo faccio con un tono di voce così basso che non sono sicura che mi abbiano ascoltato, ma quando Edward alza la testa all'improvviso, per poi voltarmi le spalle frustrato, come se il motivo del suo atteggiamento fossi io, capisco che ho attirato la loro attenzione.

Lancio una veloce occhiata alle spalle di James, volendo incrociare i suoi occhi per trovare un po' di conforto, ma non mi degna di un'occhiata anche se si è accorto della mia presenza.

«È vero?»-Edward mi anticipa, prima che io possa chiedere cosa stia succedendo, e non ho il coraggio di muovere un muscolo quando si gira di nuovo dalla mia parte, questa volta più deluso che schifato, per poi allungare la mano nella mia direzione con una rivista in mano.

Corrugo le sopracciglia, per poi costringere me stessa ad avvicinarmi al tavolo che ci separa, per poi afferrare il giornale senza trovare il coraggio di guardarlo negli occhi in queste condizioni.

Le mie mani iniziano a tremare quando i miei occhi finiscono sulla prima pagina, tutta occupata dalla mia figura in compagnia di James davanti al TakeAway, colti nell'esatto momento in cui le mie mani sono sulle sue spalle e le mie labbra attaccate alla sua bocca.

Spalanco le labbra, per poi distogliere gli occhi nell'esatto momento in cui Edward getta la rivista dall'altra parte della scrivania.

«Non mi piace essere preso in giro.»-mi trafigge con lo sguardo come non l'ho mai visto fare prima, per poi spostare gli occhi sul suo amico al mio fianco.

«Il mio migliore amico...»-dice con amarezza e una smorfia infastidita, incrociando di nuovo i miei occhi:

«Non avete niente da dire?»- sposta lo sguardo tra me e il bodyguard, ma i miei occhi rimangono fissi sul titolo della rivista:

Meglio il bodyguard che il capo

Tutti l'avranno letto.

Mia madre l'avrà letto.

Gordon pure.

«Siamo venuti bene.»-James commenta impassibile, inclinando la testa davanti alla foto, ma prima che Edward possa urlargli di nuovo contro, mi affretto a intervenire.

«Non è come pensi.»-mi affretto a mentire spudoratamente, ma la mia voce tremante mi tradisce, tanti che Edward porta una mano alla sua cravatta per sfilarla via, come se all'improvviso sentisse caldo.

«Allora dimostramelo.»-la sua voce è così calma che mi vengono i brividi, mentre poggia di nuovo le mani sul legno della scrivania.

Porta gli occhi su James con un'espressione piena di sfida, mentre il bodyguard piega un angolo della bocca divertito, per poi alzare un sopracciglio e incrociare le braccia al petto, mettendo in risalto muscoli del petto.

«Diventa mia moglie.»- incrocia i miei occhi all'improvviso, come se volesse studiare la mia espressione, ma non riesco a fare a meno di spalancare gli occhi alla sua proposta.

Il cuore mi sale in gola quando mi accorgo che è serio e la sua non è una semplice provocazione, ma non faccio in tempo a fiatare che il bodyguard scatta in piedi senza pensarci due volte, posizionandosi di fronte e nascondendo il mio corpo dalla figura di Edward.

Prima ancora che possa rendermene conto il bodyguard afferra il suo amico per il colletto, avvicinandolo al suo viso contratto e minaccioso, mentre la base del suo collo si rigonfia per la rabbia.

Vorrei fermarlo e costringerlo a non fare del male a Edward, ma non riesco a muovere un muscolo e mi limito ad ascoltare le sue parole arresa:

«Sei un coglione!»-urla così tanto disprezzo che sobbalzo all'istante:

«Sei così ingenuo da non renderti conto che lei vuole solo i tuoi cazzo di soldi!»-alzo la testa di scatto alla sua esclamazione, rendendomi conto del fatto che James non ha intenzione di difendermi:

«Guarda!»-con una mano afferra la rivista per portarla a due millimetri dal volto di Edward, mentre con l'altra continua a tenere stretto il colletto: «Questa è la donna che vuoi sposare?»- faccio un passo indietro alla cattiveria con cui vengono fuori le sue parole, senza riuscire a fiatare per interromperlo.

«Una cuoca che ha finto di fare la modella per fregarti!»-riprende a urlare con la sua voce roca, mentre i miei battiti iniziano ad accelerare: Edward dilata le pupille, cambiando radicalmente espressione, per poi cercare i miei occhi terrorizzati dall'uomo che in questo momento mi rivolge le spalle.

«Mi è bastata una parola per scoparla.»-socchiudo gli occhi quando la mia vista comincia ad appannarsi, mentre il mio petto riprende a fare su e giù senza permettermi di respirare normalmente:

«La donna che tu vuoi sposare... »-la vice dell'uomo di fronte a Edward diventa così bassa che il sangue si gela nelle mie vene, mentre il figlio di Gordon non smette di puntare gli occhi nei miei:

« ... è una puttana come le altre.»

45~Il bodyguard è una malattia!

Continuo a fissare la cornice sul mio comodino con la testa poggiata sul cuscino da ore.

Ero una ragazza così ingenua e infantile che al solo ricordo sul mio volto si forma una smorfia di fastidio.

Ma invidio quella donna che ora mi sta guardando con un sorriso a trentadue denti, come se volesse rinfacciarmi quanto sono sporca ed egoista.

Chiudo di nuovo gli occhi per cercare di addormentarmi, ma bruciano così tanto che temo di piangere di nuovo se chiudo le palpebre e ne ho abbastanza, dopo quarantotto ore di isolamento nella mia camera, sotto le mie coperte:

«Non vuole vedere nessuno, cara.»-la voce per la prima volta tenera di mia madre mi fa capire che sta continuando ad aspettare che io esca fuori dalla mia stanza, ma non trovo il coraggio di reagire per uscire dalla mia tana.

Non potevo ricevere una lezione migliore per capire che quello fuori dalla mia camera è un mondo cattivo, pieno di stronzi pronti a usarmi e farmi passare per una prostituta che pensa solo ai soldi.

Non so come abbia potuto farlo...

Dopo avermi guardata negli occhi e raccontato la sua storia, sussurrando sulle mie labbra e facendomi credere che per lui ero importante!

Affondo le unghia nel cuscino, riprendendo a bagnarlo con le mie lacrime e tirando su con il naso.

Mi è bastato una parola per scoparla.

Vorrei entrare in bagno e mettermi sotto il getto dell'acqua per provare a togliere la sensazione della presenza di James sulla mia pelle, ogni volta che quella maledetta notte ritorna nella mia mente.

Sei bellissima, Hannah.

Un singhiozzo lascia la mia bocca anche se provo a trattenermi, mentre penso a quanto sono stata egoista e ingenua.

Mi ha portata a mangiare fuori solo per farci scattare una foto da un giornalista e mostrare al suo amico che lo sto prendendo in giro.

La donna che tu vuoi sposare è una puttana come le altre.

Ogni singolo momento passato con lui è stato una menzogna. Ha fatto in modo che mi innamorassi di lui per allontanarmi da Edward, perché sì, maledizione, mi sono innamorata di James!

E ora non faccio altro che pensare a come farò a liberarmi di quel coglione, ma non so come curarmi da lui. Perché per me, ora, il bodyguard è solo una malattia...

«Non può rimanere chiusa in camera sua.»-la voce della mia amica mi fa alzare gli occhi al cielo, mentre vorrei urlare a entrambe di smetterla, perchè tanto le sento lo stesso.

Mi trattano come se fossi una bambina e come se sapessero quello che provo in questo momento, mentre milioni di seguaci mi scrivono per farmi capire quanto sono stata egoista con Edward.

Edward...

È l'unica vittima in questo mezzo e invece di piangere nella mia camera da due giorni, dovrei essere da lui a chiedergli scusa in ginocchio.

Invece non ho avuto nemmeno il coraggio di guardarlo negli occhi, prima di scappare dal suo ufficio dopo le parole di quel mostro.

Non so se un giorno avrò modo di presentarmi da lui e trovare il modo di farmi perdonare, ma temo che non servirebbe a nulla. Non dopo quello che gli ho fatto.

Mi accorgo che la mia amica ha fatto irruzione nella mia camera solo quando sento il suo peso dall'altra parte del letto.

Una parte di me mi suggerisce di cacciarla in malo modo, ma ho già deluso e perso abbastanza persone a cui tengo ultimamente, quindi la lascio parlare invano, facendole credere che parlando con lei mi sentirò meglio.

«Passerà.»-dice con un tono calmo, ma non posso fare a meno di tirare su col naso e sperare che abbia ragione e che questo incubo passi il più in fretta possibile.

«Lo odio.»-sussurro senza voltarmi verso di lei: le farei solo pietà con questo aspetto.

Le parole escono dalla mia bocca dettate dal dolore che sento intrappolato in mezzo al petto e di cui non riesco a liberarmi.

Lo odio!

Lo odio più di quanto lo disprezzavo prima di provare dei sentimenti per lui, eppure non posso fare niente per rimediare e non posso biasimarlo... perché ha completamente ragione.

Quello che ha detto a Edward di fronte a me sono una perfetta mia descrizione.

«Piangi per lui o per Edward?»-la sua voce echeggia nella mia testa, facendomi sentire ancora peggio quando capisco che la cosa che più mi fa star male è James e non il figlio di Gordon.

Piango per lui e per aver capito cosa pensa di me, ma non potevo nemmeno aspettarmi che lui ricambiasse.

Non potevo aspettarmelo da uno come lui.

Non faccio in tempo a rispondere alla mia amica che dei passi nella stanza mi fanno capire che mia madre non ha saputo resistere:

«Ti prego, vai via.»-dico con una voce strozzata, dato che l'ultima persona che vorrei vedere in questo momento è lei.

Alzo gli occhi al cielo mentalmente quando mi accorgo che non mi dà retta e attraversa la mia stanza per avvicinarsi al mio comodino.

Con la coda dell'occhio la vedo sospirare e poggiare un vassoio sul legno del mobile, per poi sedersi sul letto e guardarmi dall'alto:

«Non ti ho mai vista così giù di morale.»-osserva, inclinando leggermente il busto in avanti e sorprendendomi quando poggia una mano sulla mia testa per accarezzarmi, invece di rimproverarmi come mi sarei aspettata.

«Se ti può consolare...»-porta le ciocche di capelli che mi coprono il viso dietro l'orecchio, per poi continuare: «... Edward non mi è mai piaciuto.»-chiudo gli occhi alle sue parole, rendendomi conto che lei crede ancora di aver conosciuto Edward quella sera.

«Mamma...»-inizio a parlare con voce tremante, quasi temendo che possa cambiare atteggiamento se le dico la verità: «Quello non era Edward.»-la mia voce si affievolisce sempre di più, ma non trovo il coraggio di guardare la sua espressione.

«Sì, intendevo il vero Edward.»-dice con una calma tale che mi fa spalancare gli occhi, per poi alzare la testa di scatto quando realizzo le sue parole.

«Gordon può corrompere tutti i direttori dei giornali di Toronto...»-inizia a sorridere con fare orgoglioso prima che possa fiatare, per poi aggiungere: «... ma non tua madre.»-sorride teneramente come non l'ho mai vista fare prima d'ora, mentre mi rendo conto che dovevo trovarmi in questo stato di depressione per conoscere questo suo lato.

Le mie labbra rimangono spalancate, mentre lancio una veloce occhiata alla mia amica, ancora sdraiata al mio fianco, ma lei si limita ad alzare le spalle.

«Vai a fare una doccia, ora.»-la sua espressione diventa di nuovo severa, ricordandomi chi ho di fronte: «Puzzi peggio di tuo padre.»-aggiunge con un tono severo, per poi alzarsi lentamente e voltarmi le spalle nell'esatto momento in cui il campanello di casa suona.

«Vado ad aprire.»-sussurra scocciata, ma senza lasciare la stanza prima di lanciarmi un'occhiataccia: « Alza il culo dal letto!»-mi riprende prima di scomparire dalla porta.

Quasi spaventata dal tono autorevole di mia madre e dandole ragione, decido di accontentarla ed entrare in bagno e fare un bagno rilassante con la speranza che possa aiutarmi a mettere in ordine i miei pensieri.

«Mi lavo prima che si trasformi in Hulk.»-farfuglio tra me e me, ma la bionda al mio fianco mi sente e cerca di incoraggiarmi a modo suo:

«Vai, panda.»

La mia testa comincia a girare non appena i miei piedi toccano il pavimento freddo, ma con tutte le forze rimaste, mi do coraggio e raggiungo la porta nell'esatto momento in cui sento delle voci provenienti dalla parte opposta del corridoio.

«So esattamente chi sei.»-il tono di mia madre è a dir poco infastidito, il che mi porta ad aggrottare la fronte e, spinta dalla curiosità, mi avvicino al soggiorno lentamente, dimenticandomi dei essere in pigiama e di avere i capelli legati in una banale crocchia disordinata.

Le mie gambe iniziano a tremare quando la voce di Edward si espande fino ad arrivare al mio udito, il che mi porta a dilatare le pupille e rallentare il passo, quasi pronta a ritornare indietro, ma mi rendo anche conto che ormai è troppo tardi.

Non appena faccio per indietreggiare e percorrere il corridoio indietro, gli occhi di Edward incrociano i miei e si spalancano, quindi smette di parlare a mia madre, per sorpassarla rapidamente:

«Hannah!»-solleva una mano nella mia direzione quando faccio un passo indietro, quasi pregandomi di aspettare.

Anche se volessi allontanarmi non riesco a muovere un muscolo davanti alla sua immagine.

Mi guarda dalla testa ai piedi rapidamente, come se si trovasse di fronte a un'altra persona, mentre immagino come devo essere conciata in questo momento.

A prescindere dal mio aspetto si avvicina al mio corpo e appoggia le braccia sulle mie spalle, lasciandomi perplessa quando mi accorgo che non è arrabbiato con me.

Cerco di capire se sta fingendo e per quale motivo si sia presentato a casa mia.

«Parliamo.»-il suo sembra essere un ordine più che una preghiera, ma lo chiede così gentilmente che non riesco a fare a meno di annuire lentamente, per poi mandare un'occhiata veloce a mia madre per farle capire di lasciarci soli.

La donna alle sue spalle si limita a incrociare le braccia al petto, per poi iniziare a fare dei passi indietro e allontanarsi definitivamente, ma non prima di aver tirato un lungo sospiro frustrato.

«Non credo di esserle simpatico.»-sforza un sorriso e prova ad attirare la mia attenzione, ma non riesco a emettere alcuna parola di fronte a lui, come se all'improvviso fossi diventata muta e non riuscissi a esprimermi.

«Meglio di Prada.»-riprende a guardare il mio pigiama con l'intenzione di farmi ridere, anche se il suo complimento sembra sincero, ma non gli do modo di continuare a girarci intorno e mi lascio sfuggire un:

«Mi dispiace.».

Alza la testa di scatto per incrociare i miei occhi che si riempiono di nuovo di lacrime, ma alla mia espressione prende un forte respiro, per poi fare un paio di passi indietro con lo scopo di prendere posto sul divano.

Si siede dopo un paio di secondi, poggiando i gomiti sulle sue ginocchia e assumendo un'espressione pensierosa.

Mi invita a fare lo stesso, indicando con il mento il posto al suo fianco, ma solo dopo un po' di tempo riesco a muovermi dal mio posto per raggiungerlo e sedermi sul divano a pochi centimetri da Edward.

«Io... »-inizia a dire con un tono arreso, sospirando bel frattempo: «Credo di capirti.»-conclude, annuendo alle sue parole, ma non riesco a trattenermi e mi lascio andare ad una risata amara, scuotendo la testa:

«Lui aveva ragione.»-dico con un filo di voce e capisce all'istante che sto parlando del suo bodyguard, ma non tiene conto delle mie parole e riprende ad argomentare, continuando a guardare il pavimento:

«Dieci anni fa sono stato io nei panni di James.»- ammette , chiudendo gli occhi per lo sforzo di averlo confessato, ma non riesco a capire cosa voglia dire, quindi lo lascio continuare senza interromperlo:

«Ho tolto la verginità alla fidanzata di Carl.»-socchiudo gli occhi alle sue parole, non sapendo se stupirmi di più del fatto che è stato capace di farlo o del fatto che Carl era fidanzato con una donna.

«Già, non sono sempre stato così elegante.»-si schiarisce la voce, senza incrociare i miei occhi, come se non volesse distrarsi, mentre io mi rendo conto che forse non so davvero nulla su Edward e che forse dietro la sua corazza si nasconde un uomo pieno di sorprese.

Un uomo che non ho saputo rispettare e che non sarò mai capace di ringraziare come si deve per avere questo atteggiamento comprensivo nei miei confronti,

«È stato... »-ingoia la saliva, ricordando il tempo passato solo per farmi capire che non sono così sporca: «Il momento? Attrazione fisica? Non so, ma è stato un errore che mi ha fatto perdere una persona importante.»- il sorriso muore sulle mie labbra quando mi rendo conto di quanto deve essere stato doloroso, ma non faccio in tempo a fiatare che conclude, lasciandomi senza fiato:

«Ma non voglio commettere lo stesso errore.»-inclino la testa con tenerezza, sentendolo parlare in questo modo pur sapendo cosa ho combinato e chi sono veramente.

«Ma non capisco perché non mi hai detto che sei una cuoca.»-assume un cipiglio, alzando la testa nella mia direzione, mentre sollevo un mano per portare una ciocca di capelli dietro l'orecchio e passo la lingua sulle labbra secche e salate per tutte le lacrime versate in due giorni.

«Gordon ha detto che odi i domestici.»-gli faccio capire, al che si rilassa e porta una mano dietro la nuca imbarazzato.

«Giusto.»-riflette ad alta voce, facendomi estrapolare un sorriso sincero che lo porta a sorridere a sua volta:

«Ti ho già detto che devi sorridere più spesso?»-prende il mio mento tra il pollice e l'indice per ammirare il mio viso, ma mi affretto ad abbassare lo sguardo sul mio grembo, iniziando a giocherellare con le dita quando sento le guance arrossire:

«Non so come ringraziarti.»- trovo un po' di coraggio per ritornare in me ed essere seria, guardandolo direttamente negli occhi per esprimergli quanto vorrei sprofondare, ma non mi dà modo di parlare, per l'ennesima volta:

«Un modo ci sarebbe.»-dice in fretta, come se non potesse aspettare ancora di dirmelo: «Ci ho riflettuto a lungo... »-aggrotto la fronte quando alza il mento e annuisce alle sue parole di nuovo, quasi dandosi coraggio da solo:

«La mia proposta è ancora valida.»

46~Sono fottuto, mamma!

James

Le urla della donna sotto di me mi fanno capire che vuole andare oltre, quindi la accontento senza pensarci due volte, quasi violentandola sotto il mio peso, ma a lei sembra piacere ancor di più.

«Ja-james!»-urla all'improvviso con una voce di merda e strozzata, ma al suo gemito ogni singolo muscolo del mio corpo si contrae e rallento i miei movimenti con un'espressione turbata.

Ja-james.

Nella mia testa echeggia la sua voce, la stessa voce con cui mi cercava quella sera, con una fottuta finta dolcezza.

Quando dalla bocca sporca della donna sotto il mio peso esce un altro gemito, scuoto la testa e ritorno alla realtà:

«Non chiamarmi per nome.»-dico in un sussurro per non distrarla, lasciandola trascinare le mani ovunque sui miei muscoli contratti.

Porto una mano sul suo petto nell'esatto momento in cui riprende a parlare con un sorriso tra le labbra:

«Ti dà fastidio...»-avanza con fatica verso il lobo del mio orecchio, afferrandolo tra i denti come solo lei sa fare, anche se ora questo gesto mi fa assumere quasi una smorfia di fastidio, ma cerco di non apparire freddo e lascio che Kate faccia la puttana come al solito.

È venuta a New York per farmi visita, dopo aver preso una pausa di due settimane, ma avrei dovuto immaginare che non le interessava sapere come stavo quando ha detto che voleva incontrarmi in un motel.

«James!»-geme di nuovo, ma questa volta cerco di trattenermi dal riprenderla e stringo i suoi capelli tra le dita per costringerla a riportare la testa sul cuscino e smetterla di provocarmi.

Ja-james!

Stringo più forte la presa tra i suoi capelli quando per un millesimo di secondo mi sembra di essere di nuovo chiamato da lei.

Chiudo gli occhi per evitare di pensarci e ritornare a occuparmi della donna sotto il mio petto, ma questa sembra non voler capire e, non appena la mia mano libera circonda il suo seno, inarca la schiena e sussurra, balbettando:

«James!»

Serro la mascella mentre sento il sangue ribollire nelle vene, ma questa volta non riesco a collegare il cervello alle mie azioni e sollevo una mano in aria per lanciare un pugno sul cuscino a pochi centimetri dalla sua testa:

«Ti ho detto di non urlare il mio nome, cazzo!»-urlo con un tono più che minaccioso, mentre Kate spalanca gli occhi e rimane pietrificata sotto il mio sguardo feroce.

Il mio petto va su e giù per la rabbia e l'eccitazione che provavo fino a poco tempo fa si consuma in un millesimo di secondo, tanto che esco da Kate in un gesto veloce, per poi mettermi seduto sul letto e poggiare i gomiti delle mani sulle ginocchia.

Passo una mano tra i capelli frustrato, ma mentre faccio per cercare di rilassarmi, la voce di Hannah riprende a cercarmi nella mia testa.

Mi chiama e geme teneramente sotto la mia pelle riuscire a controllarsi, mentre accarezzo le sue ciocche morbide e lunghissime...

Mi alzo in piedi di scatto per ritornare alla realtà e vestirmi senza sentir fiatare Kate alle spalle, ma immagino la sua smorfia terrorizzata.

Non la degno di un'occhiata e afferro la bottiglia già mezza vuota di whisky sul comodino, per poi portarlo con me mentre esco da questa stanza sporca e buia.

Porto la bottiglia alle labbra e lascio che il liquido bruci il mio esofago mentre butto la testa indietro.

Prendo un forte respiro quando mi sento finalmente più leggero, sospirando per le vie del mio paese fino a quando non intravedo il tetto della mia casa da lontano.

Mi lascio cullare dall'aria fresca con il whisky stretto tra le dita, mentre i miei capelli si attaccano alla fronte imperlata di sudore.

La ragazza che tu vuoi sposare è solo una puttana!

Passo di nuovo le dita tra i capelli e mi affretto a sorseggiare il resto del liquido come se fosse acqua, ma è di questo che ho bisogno.

Sarei dovuto diventare alcolizzato dal primo giorno che i miei occhi sono finiti su quella ragazzina...

Forse il whisky mi avrebbe aiutato a non cercarla ovunque dal giorno in cui ha messo piede alla villa di Gordon.

Passo la lingua tra le labbra per catturare il sapore dell'alcool, ma il fottuto odore delle sue labbra sulle mie sembra essere più forte.

Stringo i denti e approfitto della presenza di un palo a mezzo metro di distanza per sfogare la mia rabbia, allungando il braccio per ridurre la bottiglia in mille pezzi contro il ferro freddo.

Butto la parte rimanente, stretta tra le mie dita, per terra, strozzando un gemito quando mi accorgo del sangue che esce dal taglio che attraversa il mio dorso, mentre sento i miei occhi inettarsi di sangue, tanto da impedirmi di vedere chiaramente la strada.

Mi è bastata una parola per scoparla.

Non mi pento di averla trattata di merda. No, che non mi pento!

Ma vorrei che le mie parole fossero vere.

Vorrei averla usata e scopata solo per puro divertimento, invece di sentire i suoi occhi ingenui addosso ogni volta che mi tolgo i pantaloni, anche se lei non c'è.

E bastato a lei una parola per mandare il mio cervello a puttane, tanto da non riuscire ad allontanarmi dal suo corpo esile sotto il mio.

«Alla buon'ora.»- mia madre non si volta nemmeno a vedere che si tratta di me e mantiene gli occhi incollati alla televisione, mentre approfitto della sua distrazione per sciacquare la mano sotto il getto d'acqua del lavandino.

Se non fosse per la donna alle mie spalle, quella sera non sarebbe successo nulla e Hannah avrebbe accettato di sposare Edward.

Un cazzo di matrimonio! Ecco cos'ha pensato per portarmela via, senza sapere che lei non è mai stata mia. Non ho mai voluto Hannah!

Scrollo le spalle e continuo a sciacquare la ferita, pensando a cosa avrebbe risposto se non fossi intervento, anche se non mi potrebbe importare di meno, non dopo aver cercato di aprire gli occhi al mio amico.

«Mi accompagni in Norvegia, vero?»-mia madre cerca di attirare la mia attenzione mentre mi avvicino alla sua sedia a rotelle vicino al divano, ma senza risponderle.

I miei muscoli di contraggono quando il rumore dei singhiozzi di Hannah alle mie spalle riprendono a tormentarmi, mentre dicevo a Edward chi fosse veramente quella ragazza.

Stringo le mani in due pugni, pensando che infondo ho ragione: mi baciava sapendo che Edward provava dei sentimenti per lei.

Non è la donna onesta che il mio amico credeva che fosse, ma mi chiedo ancora come abbia fatto a provare simpatia per lei.

I miei occhi iniziano a bruciare per il disprezzo nei suoi confronti, mentre mi siedo per terra, davanti ai piedi di mia madre e poggiando la testa sulle sue ginocchia, come facevo quand'ero un bambino viziato e venivo messo in punizione, ma mia madre non parla e si limita a guardarmi dall'alto.

Hannah non è la donna più bella che io abbia mai visto finora, e sicuramente è una falsa, ma non è nemmeno la più intelligente tra le donne che abbia mai conosciuto: è solo... Hannah.

«Sono fottuto, mamma...»-sussurro con gli occhi chiusi iniettati di sangue, mentre gli effetti dell'alcool sembrano già svanire.

47~Diventerò il suo fottuto bodyguard!

James

«Cosa vuole da te?»-Carl mi guarda di sottecchi, sorseggiando una birra mentre siede sul mio divano, ma mi limito ad alzare le spalle e ad aggiustare l'auricolare intorno all'orecchio, preparandomi ad affrontare Edward.

È da due settimane che non ci vediamo, ma sono ancora più arrabbiato di dieci giorni fa e so che non riuscirò a controllarmi se dovesse rimproverarmi.

Ho cercato di aiutarlo a togliersi dalla testa Hannah e mi dovrebbe ringraziare, piuttosto.

Sbatto la porta alle spalle già infuriato, anche se non so il motivo per cui ha voluto parlarmi. Molto probabilmente vuole licenziami per aver portato a letto la sua donna, anche se non è mai stata sua.

Passo una mano tra i capelli per mandare le mie ciocche scure indietro, ma rallento quando passo davanti alla sua camera vuota, sentendo una stretta allo stomaco mentre guardo di sottecchi la porta chiusa.

Se lei ci fosse starebbe già parlando tra sé e sé ad alta voce, molto probabilmente davanti allo specchio, mentre io avrei cercato di trattenermi dal disturbarla entrando in camera sua, solo per il gusto di vederla infastidita.

Solo ora noto che indossa un paio di pantaloncini da pigiama, mettendo in bella mostra le gambe abbronzate.

Ripercorro con gli occhi il suo corpo, ma non appena se ne rende conto del modo in cui la guardo, prova ad abbassare velocemente i pantaloncini, anche se, così facendo scopre una parte della pancia.

Incrocia le braccia sotto il petto per coprirsi, mettendo leggermente in mostra il seno senza accorgersene, mentre io alzo un angolo della bocca, guardandola dall'altro.

«Vuoi abbassare il volume della musica? Tra l'altro fa schifo! Che gusti hai...»-riprende a parlare, quindi le sbatto la porta in faccia prima che possa finire la frase, nonostante continui a urlare fuori dalla camera.

Passo la lingua tra le labbra secche, per poi chiudere gli occhi e scuotere la testa con lo scopo di ritornare alla realtà e riprendere a camminare turbato.

Non mi manca affatto.

Cerco di convincere me stesso dal primo giorno che Hannah non si fa vedere che la sua assenza non mi importi, ma più ci penso e più mi chiedo dove sia in questo momento.

Chissà cosa starà facendo e chissà cosa pensa di me ora...

Non mi azzardo nemmeno a chiedermi come stia, perché tanto so che sta soffrendo... per colpa mia.

Era innamorata di quel coglione e io le ho tolto la possibilità di essere fottutamente felice con un coglione.

Stringo le dita in due pugni e faccio di tutto pur di non sentirmi in colpa.

Non mi piace provare questo peso sul petto. Preferisco il sangue ribollirmi nelle vene, piuttosto che provare pietà per quella stupida ragazzina.

«Finalmente!»-il tono di Edward mi porta ad assumere una smorfia di fastidio, nascondendo la mia espressione pensierosa: «Mi stavo dimenticando di avere un migliore amico.»-la sua ironia non mi è mai piaciuta, ma lo lascio sfogarsi e mantengo un atteggiamento strafottente, mentre lui si posiziona davanti allo specchio, aggiustandosi il papillon.

«Meglio questo o quello?»-dopo un paio di secondi riprende a parlare, mentre mi rivolge una rapida occhiata attraverso lo specchio.

Aggrotto la fronte alla sua domanda, portando gli occhi sull'abito elegante che indica con l'indice.

«Chiedilo ai tuoi servi.»-il mio tono è più acido del solito, ma ha così tanti stilisti e parrucchieri privati che non capisco perché dice stronzate.

«Sì.»-annuisce alle mie parole, togliendosi il papillon per sostituirlo con una cravatta: «Ma il tuo parere è più importante, questa volta.»

Questa volta.

Tralascio il suo atteggiamento misterioso e mi limito ad accontentarlo, alzando le spalle:

«Fanno schifo entrambi.»

La mia risposta non lo sorprende, anzi, stranamente allarga un sorriso che mi infastidisce ancor di più, ma mi trattengo dal chiedergli di togliere quel cazzo di sorriso dalla faccia, mentre lui fa un passo indietro per voltarsi finalmente dalla mia parte.

«Tra cinque giorni dovrai indossarlo anche tu.»-dice con un tono derisorio, alzando a mezz'aria una cravatta, mentre la mia espressione si indurisce, non capendo dove voglia arrivare.

«Sarai il mio accompagnatore...»- mi guarda dritto negli occhi per analizzare la mia reazione, mentre conclude: «... al mio matrimonio.»

Scatto in piedi, alzandomi dal suo letto all'improvviso, per raggiungere il suo corpo in un millesimo di secondo è guardarlo dall'alto con gli occhi iniettati di sangue.

Stringo le dita in due pugni e combatto con me stesso per non spaccargli la faccia senza pensarci due volte.

Il mio petto si solleva e abbassa freneticamente alle sue parole, mentre il mio respiro diventa irregolare senza permettermi di riempire i polmoni d'aria.

Al mio matrimonio.

Al suo fottuto matrimonio!?

Sono passate due settimane soltanto, ma si sono già riconciliati alle mie spalle.

«Dimmi che provi qualcosa per Hannah e giuro che annullo tutto.»-dice con una tale sincerità che la mia espressione passa da incazzata a perplessa.

Non riesco a riempire i polmoni d'aria e continuo a guardarlo dall'alto, mentre attende una risposta da parte mia.

Faccio più volte per parlare, ma dalle mie labbra non esce una parola, come se all'improvviso non riuscissi più a parlare.

Cosa? No!

Cazzo,no!

E allora diglielo, coglione! Diglielo che non te ne frega un cazzo di Hannah e che non ti dispiacerebbe se la vedessi in abito da sposa affianco ad un altro uomo.

Non sarà difficile...

Farò entrare Kate in camera mia ogni sera, mentre lei e Edward dormiranno nella stessa camera.

Berrò tanto Tequila ogni volta che loro usciranno insieme e la guarderò solo da lontano.

«Sono andato da lei.»-la sua voce calma non fa altro che salire il mio nervoso, tanto che sono costretto a fare un passo indietro e tirare i capelli tra le dita per non tirargli un pugno.

È andato da lei... nella sua casa.

Solo io dovevo sapere dove è cresciuta ed entrare nella sua camera! Solo io, non Edward!

«Mi ha detto tutto.»-continua senza badare alla mia reazione, ma più parla più le mie noche diventano bianche, anche se continuo a non fiatare e a distruggermi in silenzio:

«Lei non ha mai accettato una paga come modella.»-cerca di precisare, come se non lo sapessi già.

Hannah è la donna più ingenua e onesta che io abbia mai conosciuto, anche se in questi giorni ho cercato di convincere me stesso del contrario.

Ma lei non doveva parlare con Edward! Non doveva accettare di sposarlo, cazzo! Hannah doveva essere mia!

«Non posso venire al tuo matrimonio!»-le mie parole escono fuori all'improvviso quasi strozzate dalla delusione, ma il mio tono neutrale gli fa capire che non mi importa se si sposano o meno, mentre nella mia testa si fa spazio l'immagine di una ragazzina felice, che a prescindere da quanto sono stato coglione, finalmente avrà l'uomo che si merita, mentre io diventerò il suo fottuto bodyguard...

Diventerò il suo fottuto bodyguard!

«Devo portare mia madre in Norvegia.»

48~Hannah e mia!

Guardo l'abito con diffidenza, mentre Mark mi guarda di sottecchi alle spalle, cercando di convincermi che mi sta d'incanto.

Non posso negare che il vestito bianco sia mozzafiato... ma non lo è su di me.

Forse perché avrei voluto scegliere io il primo abito della collezione. E non solo l'abito...

«Dammi un sorriso.»-il fotografo smettere di guardarmi di sottecchi e si volta dalla mia parte, dopo aver lanciato un'occhiata veloce alla mia amica bionda dall'altra parte della stanza.

Edward non è stata una scelta, ma l'unica soluzione al mio problema, l'unico modo per uscire dal casino che io stessa ho combinato.

Forse l'ho fatto perché mi sentivo in debito con Edward, o forse per dimostrare a tutti che non sono la donna di cui si è parlato fino ad ora nei giornali e sui social, ma una donna che non si lascia influenzare dal corteggiamento del primo uomo sexy che compare davanti ai miei occhi.

Ho scelto di continuare a lavorare con lui a prescindere da quello che si scriverà sulle riviste o della sua presenza ovunque, solo per dimostrare che sono ... diversa.

Anche se fare la modella non mi è mai piaciuto tanto quanto fare la cuoca.

Lascio lo stilista riprendere a torturare i miei capelli e fissarli con così tanta lacca che persino i miei polmoni si saranno irrigiditi per quanta ne ho respirata.

«Questo è il tuo bouquet.»-la bionda decide finalmente di parlare.

Non ha esitato ad accettare quando Edward le ha chiesto di lavorare per lui e sembra già essersi adattata all'azienda e al personale, mentre io ci avevo messo un bel po' di tempo.

Quasi la invidio: le sono bastate pochi giorni per trovare 'l'amore della sua vita', come dice anche lei, mentre io sono costretta a nascondere la rabbia e i miei sentimenti, anche se James non si presenta da giorni.

Forse si è fatto licenziare da Edward, ma so che non può essere vero e, a giudicare dalle continue chiamate che si scambia con il figlio di Gordon, è facile capire che hanno già risolto e sono tornati ad essere più amici di prima.

Mi dispiace ammetterlo, ma vorrei che non fosse così.

Ingoio la saliva quando Mark il fotografo cerca di attirare la mia attenzione:

«Ci sono più di cento fotografi là fuori.»-porta una mano sotto il mio mento e mi rivolge un sorriso di conforto, mentre le sue parole non fanno altro che innervosirmi ancor di più.

«Più di quaranta giornalisti.»-continua a farmi capire quanto sia importante questo evento, mentre le mie gambe iniziano a tremare.

«E il regista più famoso di Londra.»-conclude soddisfatto, mentre inizio a strofinare le mani contro la gonna ampia del vestito non appena iniziano a sudare:

«Vedi di non combinare guai.»-finge una sorriso a trentadue denti che mi porta a lanciargli un'occhiataccia.

Questo giorno segnerà il mio futuro e lo sapevo anche prima che l'uomo dai capelli grigi mi facesse questo discorso.

Non sarà solo il mio giorno, ma anche di Edward e di tutti quelli che mi circondano, ma l'idea che tutto dipenderà da me mi fa venire i brividi.

Non ho mai avuto grandi aspettative in vita mia per evitare di assumermi grandi responsabilità come questa, ma oggi mi sembra che il futuro dell'azienda dipenda da me.

Prendo un forte respiro e riprendo a guardarmi allo specchio, ma più fisso il mio riflesso più continuo a capire cosa c'è che non va in me. Non capisco perché tutti i fotografi, stilisti, e persino Edward, pensano che io sia bella, mentre a lui facevo così schifo che non ci ha pensato due volte prima di prendermi in giro per far vedere al suo amico che ero una... puttana.

Il mio sguardo si perde nei miei occhi riflessi al ricordo delle ultime parole che ho sentito lasciare la sua bocca quel giorno, le stesse che oggi mi costringono a odiarlo con tutta me stessa.

Forse è davvero il disprezzo nei suoi confronti che mi ha portata a essere qui oggi, pronta ad attraversare un altare davanti a gente che non conosco, attenta a non inciampare davanti alle telecamere che registreranno ogni singolo dettaglio.

Lo odio così tanto che voglio rinfacciargli che valgo più di quanto lui possa immaginare.

Ma sono sicuro che non gli importerebbe lo stesso nulla, anzi...

Ora starà in compagnia di uno dei suoi giocattoli e si sarà già dimenticato il mio nome, mentre nella mia testa è rimasta impressa l'immagine del suo sorriso, anche se più volte cerco di cancellare invano ogni ricordo del bodyguard, anche se ogni altro ricordo che ho del mio passato è stato sostituito dagli attimi trascorsi con lui.

Il mio passato è lui.

Alzo gli occhi al cielo per impedire alle lacrime di scendere e rovinare il trucco quando la mia vista si appanna.

Sto contando i giorni da quando ho smesso di piangere per quello stronzo come fa un incarcerato che non vede l'ora di uscire dal carcere, anche se non so se riuscirò a liberarmi veramente di lui.

«Direi di andare.»-lo stilista mi dà una lunga e ultima occhiata dalla testa ai piedi, per poi annuire come fa di solito per approvare, il che mi aiuta a ritornare alla realtà, mentre il mio cuore sembra essere sul punto di uscire dal petto.

«Sei pronta, scimmietta.»-la mia amica poggia una mano sulla mia spalla, incoraggiandomi a seguirla prima che possa dirle che è una bellissima damigella, quindi mi limito a scrollare le spalle e cercare di scaricare tutta la tensione che provo in questo momento.

Inizio a incamminarmi lentamente fuori da quella stanza soffocante, mentre lo stilista si posiziona al mio fianco come ha voluto Edward, posizionando il suo braccio sotto il mio come se fosse mio padre, per accompagnarmi lungo l'altare.

Alzo il mento per mostrarmi il più sicura possibile, anche se dentro di me il mio cuore sembra voler uscire dal petto.

Fuori dalla sala, in cui ci sono tutti gli attori e invitati ad assistere all'evento, incrocio gli occhi del regista affianco a una delle camere che circondano le sedie.

Mi fermo prima ancora di mettere piede all'altare e aspetto un cenno da parte sua per percorrere la strada che porta a Edward.

Il mio matrimonio.

Al mio matrimonio non ci sarebbero mai stati così tanti invitati, tantomeno telecamere e personaggi famosi.

Tra l'altro ho sempre immaginato un altare coperto da petali di rose e tanti bambini che corrono dappertutto o piangono in braccio alle loro mamme, distraendomi mentre recito la mia promessa.

Sorrido al solo pensiero, per poi scuotere la testa e ritornare alla realtà quando mi rendo conto che la mia damigella ha già percorso tutto l'altare.

Mando una veloce occhiata allo stilista al mio fianco che annuisce con la testa sotto richiesta del regista, quindi mi incita a fare la piccola camminata che cambierà completamente la mia vita... se piacerò ai fotografi come personaggio, ovviamente.

La mia vista si appanna leggermente, ma abbastanza da non riuscire a vedere Edward chiaramente, anche se capisco a prescindere che sta sorridendo, guardando la mia amica di sottecchi spostarsi di fronte a lui.

Il mio petto si alza e non riesco a fare a meno di immaginare che al suo posto ora fosse lui. Sicuramente non starebbe ridendo e avrebbe in faccia la solita espressione seria e infastidita.

Non mi guarderebbe nemmeno con così tanta ammirazione come Edward sta facendo, ma starebbe lì, ora, di fronte a me, a prescindere da tutti i suoi vizi. Sarei stata disposta a vivere il resto della vita con lui, prima di sapere cosa pensa veramente di me.

«Sei fantastica.»-Edward sussurra non appena l'uomo al mio fianco lascia la mia mano, allungando una mano per afferrare la mia, ma non riesco a ricambiare il suo sorriso, tenendo conto di tutti gli occhi che ora sono su di me.

«Sono solo trenta minuti, tranquilla.»-annuisco alle sue parole, ripetendolo mentalmente, mentre un attore nelle vesti del prete si schiarisce la voce, iniziando a farci capire l'importanza dell'unione tra un uomo e una donna, anche se sono troppo preoccupata ad altro, piuttosto che ascoltare le sue parole, forse scritte dal regista stesso.

«Ti ho sempre voluto bene... come se fossi il mio migliore amico.»-inizio a dire ad alta voce non appena arriva il mio turno, guardando Edward dritto negli occhi, come mi ha consigliato lo zio, dopo che ha ripreso a parlarmi per la delusione.

«E vorrei passare il resto dei giorni con te.»-i miei occhi si offuscano di nuovo e la voce comincia a tremare quando inizio a vedere l'immagine sfocata di Edward e immagino di nuovo che ci sia James al posto suo.

Le mie mani sudano tra quelle di Edward, mentre cerco di continuare:

«Senza i tuoi occhi.»

...chiari e minacciosi, vorrei aggiungere, ma cerco di non rovinare tutto e mi trattengo dal dire ciò che non dovrei.

«Gli abbracci.»

...che non mi hai mai dato, perché sei uno stronzo freddo e senza cuore.

«Il modo in cui mi guardi, facendomi sentire la donna più bella.»

... anche se poi ho scoperto che era tutto falso e frutto della mia immaginazione.

«Ti amo.»-continuo a recitare le parole suggerite dal regista ad alta voce, mentre nella mia mente urlo un forte 'ti odio!'.

L'uomo di fronte a me prende un forte respiro, guardandomi attentamente e quasi con pietà, come se sapesse che quelle parole non sono affatto riferite a lui.

Abbasso gli occhi sul bouquet tra le mie mani, non avendo il coraggio di guardare negli occhi Edward, anche se so che lui ora mi ha perdonato e tutto è cambiato dall'ultima volta che abbiamo parlato del passato a casa mia.

Tutto è cambiato, tranne me...

«Bene... »- la voce del 'prete' al nostro fianco mi convince a risvegliarmi dai pensieri e alzare la testa, stringendo la mano di Edward per darmi coraggio e resistere a tutta la pressione che sento addosso, ma non fa in tempo a iniziare che la porta della sala viene spalancata di botto.

Salto sul posto quando il rumore echeggia tra le quattro pareti, facendo girare tutti gli invitati verso l'ingresso.

Porto gli occhi spontaneamente verso quella direzione, mentre i miei battiti si fermano all'istante.

Le mie dita riprendono a tremare tra quelle dell'uomo di fronte a me quando le mie pupille finiscono sulla figura di... James.

Inizio a fissarlo mentre si avvicina a passo felpato, senza fregarsi del chiasso che si diffonde in sala, con le spalle coperte da una maglia a maniche corte così chiara da mettere in risalto i suoi muscoli.

Lo guardo da lontano senza togliergli gli occhi di dosso, come se questa potesse essere l'ultima volta che lo posso ammirare.

Persino a questa distanza posso immergermi dei suoi occhi chiari, per poi abbassare lo sguardo verso la sua mascella serrata.

È incazzato.

Cavoli se è incazzato.

Quando i miei occhi finiscono sul suo collo e mi accorgo della vena gonfia già comparsa sui suoi muscoli, capisco che non è qui per assistere alle riprese, ma per umiliarmi di nuovo, questa volta davanti alle telecamere.

Cerco i suoi occhi per capire quali siano le sue vere intenzioni, anche se posso immaginarlo dal modo in cui è entrato, ma i suoi occhi evitando i miei e rimangono fissi su quelli di Edward senza spostarsi.

Corrugo la fronte e porto gli occhi in alto verso l'uomo al mio fianco, che ha già lo sguardo rivolto verso il mio, ma rimango ancora più perplessa quando lo vedo assumere un'espressione divertita:

«Gli ho raccontato una piccola bugia.»-sussurra sul mio volto, facendomi corrugare ancor di più la fronte al momento in cui rallenta la presa intorno alla mia mano e si rivolge verso James con una finta espressione seria.

Spalanco gli occhi quando mi accorgo che il bodyguard è già abbastanza vicino, ma la sua espressione minacciosa mi costringe a fare un passo indietro spaventata:

«Che stai facen...»-Edward non fa in tempo a finire che James alza una mano in aria, facendomi spalancare gli occhi quando il suo pugno finisce sulla faccia del figlio di Gordon.

«Edward!»-la mia amica non riesce a trattenersi quando perde l'equilibrio di fronte a James, ma con la coda dell'occhio vedo che il regista guarda attentamente la scena e ordina al cameraman di continuare a registrare.

Nessuno interviene e tutti si limitano ad assumere facce sorprese: non riesco a muovere un millimetro e tutte le parole che vorrei urlare contro di lui non riescono a uscire dalle mie labbra:

«Che cazzo ti prende!»-Edward geme sotto di lui, mentre fisso le spalle del bodyguard contrarsi con gli occhi spalancati e il petto che inizia a fare avanti e indietro, e questo vestito non fa altro che soffocarmi.

«Non puoi sposarla!»-la sua voce echeggia nelle mie orecchie, mentre scandisce ogni singola lettera con disprezzo, ma il suo tono è così tanto roco che non riesco a fare a meno di accorgermi di quanto mi sia mancato.

Mi è mancato persino vederlo arrabbiato.

Continuo a rimanere impalata davanti alla sua immagine, dimenticandomi persino del modo in cui sta trattando Edward, quindi scuoto la testa per riprendermi con gli occhi che iniziano a bruciare, ma sempre più confusa dalla scena che mi ritrovo davanti.

Non puoi sposarla!

Ingoio la saliva alla gola e socchiudo gli occhi, lanciando una veloce occhiata all'uomo sotto di lui, che si rialza in piedi con difficoltà, per poi assumere un'espressione orgogliosa:

«Perchè, James?»-Edward alza un sopracciglio con fare prepotente, facendomi rimanere perplessa, mentre mi preparo a sentire il peggio dalle labbra del bodyguard, ma questi rilassa i muscoli alle parole dell'uomo di fronte, e posso immaginare la sua espressione arrabbiata cambiare lentamente, anche se è voltato di spalle.

James rimane in silenzio, come se nemmeno lui sapesse la risposta, mentre il mio battito cardiaco riprende ad accelerare all'improvviso, capendo all'istante cos'ha combinato Edward.

Spalanco gli occhi e faccio per intervenire e costringere il figlio di Gordon di smetterla, ma quando riprende a parlare, questa volta urlando, sobbalzo e rimango muta come lo sono stata fino a ora:

«Perchè non devo sposarla!?»

«Perchè Hannah è mia!»-la sua voce roca va dritto al mio cuore, mentre il bouquet di fiori cade dalla mia mano non appena sento mancare le forze.

Perché Hannah è mia.

Sono sua...

James raddrizza la schiena alle sue stesse parole, mentre Edward piega entrambi gli angoli della bocca verso l'alto.

Il bodyguard sembra addirittura più perplesso di me, come se si fosse appena reso conto di quello che ha detto.

Dilato le pupille e ingoio il gruppo alla gola quando lo vedo girarsi lentamente dalla mia parte, mentre il silenzio che regna nella sala mi fa capire che tutti sono abbastanza concentrati ad assistere alla scena, anche se in questo momento mi sembra di essere isolata dal resto del mondo.

Il mio respiro si blocca e separo leggermente le labbra quando o suoi occhi incrociano i miei.

Mi guarda così profondamente che non riesco a togliere gli occhi dai suoi.

La sua espressione sembra quasi dispiaciuto, mentre i suoi occhi arrossiti percorrono il mio corpo dall'alto verso il basso.

Mi trattengo dal fare un passo indietro quando inizia ad avanzare lentamente nella mia direzione, anche se i suoi occhi rimangono incollati al mio vestito bianco.

Le mie gambe diventano molli quando il suo piede finisce sul bouquet di fiori, per poi sovrastarmi in tutto la sua altezza, mentre cerco di convincere me stessa di allontanarlo in malomodo.

Non riesco a fare altro che guardarlo dal basso, mentre inclina la testa e prende il mio viso tra le mani tremanti, quasi temendo di farmi del male quando intrufola la punta delle dita lunghe tra i miei capelli.

I suoi occhi lucidi mi fanno perdere un battito, come se bastasse per dimenticare quanto ho sofferto per colpa sua, ma non riesco a spostarmi da lì, lasciandolo soffiare sul mio viso per farmi ricordare il suo profumo.

«Mi dispiace.»-un gemito strozzato esce dalle mie labbra quando la sua voce bassa si scontra con la mia pelle.

Mi dispiace.

Lo dice con un tono così arreso che sembra essersi reso conto che non doveva essere qui e non doveva interrompere l'evento, ma sono troppo distratta dalla sua vicinanza e dalle sue labbra che si muovono a due millimetri dalla mia bocca, per capire che, dopo un paio di secondi, si allontana da me, trascinando via le mani che mi avevano scaldato le guance.

Lo guardo allontanarsi e ripercorrere l'altare indietro lentamente, mentre i miei occhi finiscono su Edward per lanciargli un'occhiata interrogatoria e di rimprovero allo stesso tempo, ma la mia amica bionda si affretta a poggiare una mano sul suo zigomo violaceo e lo bacia delicatamente, quasi distraendolo, ma non prima di lanciarmi un occhiolino e farmi capire di fermarlo.

«James!»-il suo nome esce urlato dalle mie labbra, trovando finalmente il coraggio di parlare pur di fargli capire quanto mi è mancato, per quanto le sue parole mi abbiano uccisa.

Quando mi accorgo che non si ferma e finge di non ascoltarmi, mi affretto a camminare nella sua direzione, privandomi dei tacchi quando mi accorgo che mi impediscono di raggiungerlo in fretta, quasi a metà altare, per poi posizionarmi di fronte a lui e poggiare le mani sul suo petto.

Mi pento di aver tolto i tacchi quando noto che sono molto più bassa di lui scalza, quindi mi alzo in punta di piedi per allacciare le braccia intorno al suo collo largo e spingere la mia bocca contro la sua, per capire quanto ero affamata di lui.

Ricambia il bacio, sorpreso dal mio gesto, ma non mi lascia andare oltre che poggia le mani sulle mie spalle per allontanarmi:

«Hannah, fermati...»-fa per dire, guardandomi dall'alto dubbioso, mentre porta una ciocca dei miei capelli dietro l'orecchio.

«Non mi sto sposando.»-sussurro, riportando gli occhi sulle sue labbra, mentre James aggrotta la fronte:

«È uno spot pubblicitario.»-indico con il pollice gli attori e il regista alle mie spalle, dimenticandomi all'improvviso dell'opportunità che avevo per diventare una modella professionale.

«Cosa...?»-la sua espressione passa da stupita a quasi incazzata, ma proprio quando inizia a spaventarmi l'idea che possa cambiare atteggiamento, inizia a guardarmi con tenerezza:

«Edward non ti ha mai toccata?»-si affretta a chiedere, portando due dita sotto il mio mento quando scuoto la testa lentamente, ma non ho modo di rispondere che si avventa sulle mie labbra con foga , lasciando scappare dalle mie labbra un gemito quando la sua lingua umidifica la mia bocca del suo sapore.

«Giovani! Metteteci meno passione!»-la voce del regista alle nostre spalle mi fa scoppiare a ridere contro le labbra di James, che ne approfitta per parlare, quasi infastidito:

«Andiamo!»- dice in tono autoritario, mentre porto il labbro inferiore tra i denti davanti alla sua espressione impaziente:

«Dove?»-chiedo, distratta dal modo in cui mi guarda, mentre le sue labbra finiscono di nuovo sulle mie, come se fosse ancor più affamato di me.

«In Norvegia.»

~~~FINE~~~

Epilogo

Il suono delle onde del mare non mi è mai piaciuto così tanto, anche se ormai l'autunno è passato e dicembre è più freddo degli anni scorsi.

Mi stringo nella felpa, lasciando il mio ristorante alle spalle, per poi immergere i piedi nella sabbia fredda, lasciando le scarpe sul cemento.
~~~

Mi dirigo verso la riva con un sorriso a trentadue denti sulle labbra, anche se quella di oggi è stata una giornata più stancante delle altre.

Ammiro le sue spalle larghe da lontano, mentre guarda il mare di fronte a lui pensieroso.

I suoi capelli scurissimi vengono messi in disordine dal vento leggero.

Porto il labbro inferiore tra i denti, immaginando la sua espressione concentrata e i suoi occhi più chiari del solito.

Poggio la fronte tra le sue scapole, per poi allungare le braccia e allacciarle intorno ai muscoli possenti del suo addome, che si contraggono al mio gesto.

«Meno male che non ti piaceva il mare.»-sussurro contro il suo corpo, mentre porta le mani sopra le mie sulla sua pancia, stringendole tra le dita per riscaldarle.

«Qualcuno ti ha infastidito?»-chiede quasi allarmato, chiedendosi come mai ho lasciato il ristorante a quest'ora. E ha ragione, ma sua madre ha insistito per sostituirmi in cucina, come se non ne avesse ancora abbastanza di camminare dopo il suo intervento.

«No.»-lo tranquillizzo con una voce serena: «Sanno che non possono farlo.»-spiego, ricordandogli di aver appena minacciato i nostri clienti.

«Mmm... Perché?»-chiede apposta per provocarmi, costringendomi a posizionarmi di fronte a lui, mentre ora è lui che fa aderire il petto alla mia schiena.

«Perchè ho chi mi protegge.»-mi vanto scherzosamente mentre le sue labbra carnose finiscono sulla mia guancia, lasciandovi un bacio leggero.

«Chi sarebbe?»-continua a stuzzicarmi, mentre lascia un leggero bacio sulla mia guancia, facendomi coccolare tra le sue braccia.

«Il mio bodyguard.»-sorrido e poggio la testa sui suoi muscoli , mentre inizia ad accarezzare la mia pancia gonfia.

~~FINE~~~

Autrice: Ema Oqu

Instagram: ema_8570

Facebook: Ema Oqu